叶公好龙

三人成虎

庖丁解牛

中国古代寓言故事

干天全◎编著

北京燕山出版社
BEIJING YANSHAN PRESS

图书在版编目（CIP）数据

中国古代寓言故事 / 干天全编著. —北京：北京
燕山出版社, 2018.10（2024.3重印）

ISBN 978-7-5402-5266-3

Ⅰ.①中… Ⅱ.①干… Ⅲ.①寓言—作品集—中国—
古代 Ⅳ.①I276.4

中国版本图书馆CIP数据核字（2018）第243984号

中国古代寓言故事

编　　著：干天全
责任编辑：刘朝霞　李瑞芳
封面设计：刘红刚
出版发行：北京燕山出版社有限公司
社　　址：北京市西城区椿树街道琉璃厂西街20号
邮　　编：100052
电话传真：86-10-65240430
印　　刷：三河市中晟雅豪印务有限公司
开　　本：787mm×1092mm　1/16
字　　数：173千字
印　　张：17.25
版　　次：2018年12月第1版
印　　次：2024年3月第11次印刷
书　　号：ISBN 978-7-5402-5266-3
定　　价：39.80元

从 寓 言 中 汲 取 智 慧

　　中国古代寓言历史悠久。从先秦到清末，留下的寓言难以计数，其中有口皆碑的经典作品就举不胜举。古代寓言内容十分丰富，包括国家治理、世态百象、为人处世、修身养性、思维方式、学习方法等许多方面，这些内容包含着社会发展的经验和教训，凝聚着中华民族的智慧。

　　寓言中的智慧，会给人的一生带来无穷的启迪。人们在儿时读过的寓言，到老都不会忘记，就是因为寓言的智慧不会随岁月的逝去而消失，它会随着人们人生阅历的丰富而更加深刻地留在人们的心里，让人们终生受益。一则《坎井之蛙》，让人知道坎井外有海阔天空的世界，不能在狭小的环境里自我满足、自鸣得意；一则《五十步笑百步》，让人明白犯相同性质错误的人，错误程度小的不应嘲笑错误程度大的而宽恕自己，不论错误大小都应制止和改正；一则《刻舟求剑》，告诫人们事物都是在不断发展变化的，应以发展变通的眼光来处理问题，墨守成规就会失败；一则《狐假虎威》，让人们警惕那些心理卑下、能力弱小而凭借别人的权势招摇撞骗、作威作福的人；一则《南辕北辙》，使人懂得做任何事情，都要有正确的方向，若方向错了，不管物质条件如何优越，自己如何努力，只会离预想的目标越来越远。中国历代寓言启迪着一代又一代的人们，许多脍炙人口的寓言已成为人们熟知的成语，如《三人成虎》《齐人攫金》《画蛇添足》《黔驴技穷》《朝三暮四》《鹬蚌相争》，等等。人们一提某个成语，相互间就会心领神会。由于寓言的广泛流传，人们往往不用讲寓言故事的内容，只需要用某个寓言成语，就能说明一个深刻的道理或评价一个人的德行，足见寓言的智慧对人们的深刻影响。

寓言充满智慧，但它从不板着面孔说教。它的篇幅短小，所讲的故事简单而含义丰富，语言深入浅出，幽默有趣，读起来让人轻松愉快。读者在笑声中记住了寓言蕴含的哲理，得到某种劝谕或告诫。因此，人们普遍地喜欢寓言。许多父母用寓言作为子女的启蒙读物，小学和中学老师也将不少优秀寓言选作学生的必读作品。听过或读过寓言的人，会从中汲取到许多智慧，懂得更多做人和做事的道理。

中国古代寓言虽然远在春秋战国时代就已成熟，但它寄生于诸子百家的散文，没有成为一种独立的文学体裁。近代以前，古代寓言独立成篇或专门成集的很少，绝大多数寓言都穿插在历代的散文、笔记、杂谈等文体中作为说理明义的依据。所以，即便是含义深刻的寓言，也有形式和内容上的某些不足，有的情节过简，文字过略，缺乏故事性；有的虽然有故事性，但言论过多，文字过繁。按照现代的寓言概念，我对所选寓言或作一些内容上的剪裁，或作一些情节上的增删，或作一些语言上的润色。我想，这样做既符合现代的阅读习惯和要求，也有利于古代寓言更好地流传。

但愿这本书里的寓言能受到读者朋友们的喜爱。

目录

社 庙 之 鼠

老百姓用一根根木棒连成栅栏，在上面涂上稀泥，为土地神建成了社庙。为了求得风调雨顺、五谷丰登，他们经常来给土地神敬献供品，从来不敢冒犯土地神丝毫。

有一群老鼠跑进社庙，在泥木墙中和土地神泥像的肚子里打洞。它们随时偷吃供品，吃饱后在庙里又吵又闹。老百姓知道后，恨得咬牙切齿，想用水去灌鼠洞，又怕冲坏神像；想用烟火熏死老鼠，又怕烧坏木栅栏，只好干瞪着眼咒骂老鼠。这下老鼠更得意了，在社庙里横冲直撞，肆意抢吃供品。实际上，老百姓并不是没有办法去根除它们，而是不敢去毁坏社庙。

——选译自《晏子春秋·内篇问上》

寓 言 启 示

那些贪官污吏就像许多寄身于社庙中的老鼠，因为有庇护所，老百姓很难把他们除掉。

邻父举木

　　有一个人，他的儿子蛮横凶恶，到处惹是生非，欺负别人。一天，他的儿子又闯了祸，气得他用鞭子狠狠抽儿子。邻居一位老翁看见后，也急忙从家里拿来一根木棒帮着打。那位父亲惊讶地问老翁："你为什么打我儿子？"老翁回答说："你不是在打他吗？我打他是顺着你的心愿啊！"

　　那位父亲不满地说："责打儿子是我的事，你这样做难道不荒唐吗？"

——选译自《墨子·鲁问》

寓 言 启 示

　　逾越自己的职责，超出相应的程度去惩罚犯错误的人，这样的做法很荒谬，不会有好结果的。

叶 公 好 龙

叶公非常喜欢龙，他在衣带钩上雕着龙，在各种酒具上雕着龙，在厅堂、卧室、书房的墙壁和柱梁上到处都雕着龙。人们知道他如此喜欢龙，便四下传说。

有一天，天上的真龙听到了这件事，心里十分高兴，它腾云驾雾，从空中降落到叶公的庭院中。龙把头伸进书房的窗户里探望，长长的尾巴蜿蜒伸展到厅堂当中摇动。

叶公看到真龙，吓得面如土灰，失魂落魄地逃离了家。

其实，叶公并不是喜欢真正的龙，而是喜欢那些看着像龙而并不是龙的东西。

——选译自《孔子集语》引《申子》逸文

寓言启示

一些人表面上爱好某种事物，实际上并非真正爱好，只是用以装饰门面，图个虚名。

庖 丁 解 牛

　　庖丁给梁惠王表演宰牛的本领。他站在牛的跟前，手按着的地方，肩靠着的地方，脚踩着的地方，膝盖抵着的地方，都嚯嚯作响。刀进牛体，骨肉分离，唰唰有声，无不像音乐一样，既合乎《桑林》舞曲的旋律，又符合《经首》乐章的节奏。

　　梁惠王看得目瞪口呆，好一会儿才惊叹地说："啊，好极了！你宰牛的技术怎么这样高超娴熟呢？"

　　庖丁放下刀，回答说："我爱好的是探寻事物的规律，这已经超过了对技术的追求。我开始宰牛时，看到的都是完整的牛。三年后，在我眼里就没有完整的牛了。到了今天，我只用心神和牛接触，而不必用眼睛去观看。感觉器官已不起什么作用，只靠心神支配刀的操作。我这把刀用了十九年了，宰的牛也有几千头，可是刀刃还像刚在石头上磨过一样，解牛时游刃有余。我按照牛体的自然结构，把刀砍进骨节间的缝隙处，再顺着缝隙分离骨肉，完全按着牛体本来的结构，游刃有余。这样，整头牛的骨肉就'哗哗'解体，像沙土散落堆积在地上一样。解完牛，我才提刀站立，从容而满意地环顾四方。然后，把刀擦得干干净净，收藏起来。"

梁惠王听完后，对庖丁说："讲得妙极了！听了你这番话，我懂得养生的道理了。"

——选译自《庄子·养生主》

只要通过长期的实践，善于探索，就能认识和掌握事物的内在规律，使复杂艰难的问题易于解决。

望洋兴叹

秋天，洪水随着时令到来，无数条小溪汇入黄河。波涛汹涌，滚滚向前，横溢的河水淹没了河心沙洲。河面宽阔，站在岸上隔水相望，连牛马那样的大牲畜都辨别不清。

河伯为此扬扬得意，以为天下的水和壮景都汇集到自己这里来了。他顺流东行，来到了北海。当他向东一望，不禁倒吸了一口凉气，只见水天相接，汪洋无际。河伯呆呆地看了好一会儿，才发现海神若已站在自己的身旁。他转过脸仰望着海神若，万分感慨地说："俗话批评得对，'懂得稍多的一些道理，就以为没有人比得上自己'，说的正是我这样的人啊！"

——选译自《庄子·秋水》

寓言启示

意在告诫人们，只有在阅历丰富、见多识广后才会发现自己的渺小和不足。

坎 井 之 蛙

在一口很浅的坎井里，住着一只青蛙。有一天，来自东海的鳖路过坎井，青蛙对鳖说："我生活在这里真快乐啊！跃出井面，我可以在栏杆上跳上跳下；爬回半个井壁，我可以躲在洞穴中安然休息；跳回井底，我可以浸泡水中，陷入绵软的淤泥，舒服极了。而那些虾、蟹和蝌蚪，谁都比不上我快活。我独占一口水井，其乐无穷，你为什么不进来玩一会儿呢？"

鳖听青蛙这么一说，答应下去看看。但它左腿还没伸进井口，右腿已被栏杆绊住了。鳖慢慢退回原处，对青蛙说："让我告诉你大海的情况吧。千里之遥比不上它广阔，千仞高度比不上它深厚。夏禹的时代，十年九涝，可是海水并不因此增多；殷汤的时候，八年七旱，可是海水丝毫不见浅露。大海不会因为时间的推移而增减水量，因为它太广阔和深厚了。生活在大海里，那才是真正的快乐呢！"

坎井里的青蛙听了以后，目瞪口呆，羞愧地低下了头。

——选译自《庄子·秋水》

寓 言 启 示

讽刺那些目光短浅、见识狭隘而又自鸣得意的人。

邯 郸 学 步

　　燕国寿陵有一个少年，听说赵国邯郸的人擅长行走。他不辞辛劳，千里迢迢地来到邯郸学习。他不问当地人走路的方法，只是成天跟在他们身后机械地迈动步子。学了一段时间，他不但没有学到邯郸人走路的特长，反而把自己原来走路的步子都忘了。结果，他只好狼狈地爬回燕国。

——选译自《庄子·秋水》

寓言启示

　　盲目地去模仿别人的做法，不仅学不到别人的长处，反而会丢失自己原来的本领。

鹓鶵与鸱

南方有一种鸟名叫鹓鶵，它情操高尚，志向远大。它从遥远的南海飞向万里之遥的北海，在沿途的飞翔中，疲惫了，不是青翠高大的梧桐不栖息；饥饿了，不是洁净鲜嫩的竹实不吃；干渴了，不是清凉甘甜的泉水不饮。

这天，鹓鶵飞到了鸱的上空，正巧鸱刚捡到一只腐鼠飞到树梢。鸱平时心胸狭隘，蛮横自私，此时见鹓鶵飞临上空，唯恐它争食自己的腐鼠，仰头怒目而视，大声地吼着："吓，吓！你别来夺我的美味！"

谁知，鹓鶵根本不理睬鸱，从它上空径直地飞向了远方。

——选译自《庄子·秋水》

寓言启示

讽刺"以小人之心度君子之腹"者的自私狭隘、猥琐卑下的心胸。

鲁侯养鸟

有一只海鸟从大海上飞来，栖息在鲁国都城的郊外。鲁侯看见后以为是只神鸟，派人小心翼翼地把它捉住，亲自在宗庙设宴隆重地迎接它，并把它供在了庙里。鲁侯令乐师为海鸟演奏虞舜时的《九韶》乐曲，派厨师用牛、羊、猪做成三牲齐全的丰盛佳肴，作为它的饭食。

海鸟被弄得不知所措，心惊胆战，不敢吃一块肉，也不敢饮一口水，三天后就连饿带吓地死掉了。

鲁侯看到海鸟死了，怅然若失地哀叹："唉，这海鸟怎么会不明不白地就死了呢？"他哪里知道，他是用供养自己的方法来供养海鸟，而不是用养鸟的方法来养鸟啊！

——选译自《庄子·至乐》

寓言启示

事物各有特性，适合自己的，不一定适合他人。做事情不能违背客观规律，否则，主观愿望再好也没有好结果。

纪渻子养斗鸡

纪渻子专门为君王驯养斗鸡，他驯斗鸡有一套独特的方法。

有一天，君王问纪渻子："斗鸡驯养好了吗？我想观看斗鸡表演。"纪渻子回答说："没有，我刚开始训练。"

过了十天，君王又问他："斗鸡训练好了吗？"他回答说："还没有，这鸡本领不大却很骄傲，仗着脾气逞能。"

又过了十天，君王又问他训练斗鸡的情况，他回答说："还没有，它遇到别的鸡反应太快，就像回声一样迅速。"

又一个十天过去了，君王再次问他。他回答说："还没有，它现在看到别的斗鸡，还怒目而视，气势过盛。"

等又一个十天过去后，君王再问他时，他回答说："现在可以了，别的斗鸡尖叫着向它挑战，它却神态自若，看上去就像木雕的鸡一样。它已具备了斗鸡的所有德行和征服力量。"

果然，纪渻子训练的斗鸡在与别的斗鸡交战中表现不凡，别的斗鸡没有敢与它对阵相斗的，见到它凛然不可侵犯的样子，吓得掉头就逃。

——选译自《庄子·达生》

寓言启示

　　只有经过反复磨炼，去掉虚骄盛气，才能达到大智若愚、大勇若怯的全真境界。

庄 子 弃 弹

一天，庄子在雕陵的栗园里游玩，一只奇异的鹊鸟从南方飞来，这只鹊鸟的羽翼长达七尺，眼睛直径过寸，它擦着庄子的额头，毫不理会地飞到栗树林落下。

庄子奇怪地说："这是什么鸟啊？翅膀那么大却不能远飞，眼睛那么大却看不清东西。"他撩起衣襟，很快找来弹弓，抬头望着鸟，寻找机会要弹射它。

正当庄子要弹射鹊鸟时，发现一只知了悠然自得地躲在浓荫里鸣唱，一点没去想自身的安危。它不知自己身旁的树叶下藏着一只螳螂，正探出两只刀钳般的大爪准备捕食它。而那只鹊鸟想趁此机会去捕食螳螂，它也没有顾及庄子正在树下准备弹射它。

庄子见到这一切，心有余悸地感叹道："唉！物与物原来是互相牵连受损的，利和害也是互相招致的！"他扔下弹弓，转身就往回走，管理栗园的小官发现了庄子，追上去狠狠地责骂他。

——选译自《庄子·山木》

　　事物之间互以为利，又互以为害；做事不能只顾眼前之利而不顾身后之隐患，否则就会带来危害。

涸 辙 之 鲋

庄子家里穷得揭不开锅，不得不去向监河侯借粮。监河侯笑盈盈地说："这好办，等我过段时间收完封邑百姓交纳的租税，我就借给你三百金买粮，你看可以吗？"

庄子听后气得满脸通红，愤然地说："我昨天来的途中，听到有急促的呼救声。我掉头一看，发现车辙中有一条鲫鱼在挣扎。我问它说：'鲫鱼，你在喊叫什么？'它有气无力地回答说：'我是东海里的水族，不幸被人捕走掉在这里，你现在能用一升半斗的水救活我吗？'我说：'这好办，我将要去南方游说吴王和越王，请他们激荡着西江的流水来迎接你，可以吗？'鲫鱼一听气得变了脸色，愤然说：'现在我只要得到一升半斗水就可以活命，而你却说将来让江水迎我，你还不如早点儿到干鱼铺里去救我呢！'"

——选译自《庄子·外物》

寓言启示

讽刺那些光说空话、不切实际、假仁假义的伪善之辈。

屠 龙 之 术

有一个叫朱泙漫的人，听说住在深山的支离益杀龙技术高明，便前往拜师学艺。朱泙漫不惜花尽千金家产，用了三年的时间，终于学到了老师说的那一套屠龙技术。然而，当他走出深山，却无处有龙可杀，学到的技术一无所用。

——选译自《庄子·列御寇》

寓言启示

脱离实际需要的技能和学问，学得再好也是没有作用的。

弓 箭 合 射

　　有一天，擅长射箭的后羿听到两个人在争吵。一个人说："我的弓精良无比，什么箭都不用。"另一个人说："我的箭出奇地好，什么弓都不用。"

　　后羿听后笑着说："没有弓，怎么能把箭射出去，箭还有什么作用呢？没有箭，拿什么去射中靶子，弓还有什么作用呢？"

　　那两个人不再争吵，后羿叫他们把弓和箭合在一起，然后教他们学习射箭。

　　　　　　　　　　——选译自《太平御览》引《胡非子》逸文

寓 言 启 示

　　人各有所长，只强调个人的长处便没有多大作用，要集众人之所长，互相配合，才能充分地发挥作用。

月 偷 一 鸡

　　有一个人，他每天都去偷邻居家的一只鸡。他的一位熟人知道后劝告说："这可不是好人的行为，邻里都会痛恨你的！"他听后说："既然这样做不好，那就让我先少偷一些，以后我不再每天偷一只，改成每月偷一只，到明年就不再偷了。"

——选译自《孟子·滕文公下》

寓 言 启 示

　　讽刺明知有错而不决心改正的人，告诫人们知错就要及时改正，不能找借口拖延。

五 十 步 笑 百 步

　　战场上战鼓声震耳欲聋，敌对双方挥动刀枪正进行着激烈的战斗。一阵拼杀后，败者丢盔弃甲，倒拖着刀枪掉头就逃。有的逃了一百步停了下来，有的逃了五十步停了下来。那些逃了五十步的败者嘲笑那些逃了一百步的败者说："真胆小，还比我们逃得远呢！"

——选译自《孟子·梁惠王上》

寓言启示

　　犯相同性质错误的人，程度小的不应嘲笑程度大的而宽恕自己。虽然错误有大小与程度的差别，但都是错误，都应制止和改正。

以羊易牛

梁惠王容止端详地坐在庙堂上，正好有人牵着一头牛经过堂下。梁惠王说："将牛牵到哪儿去啊？"

牵牛人回答说："牵到附近杀掉它，用它的血涂钟。"

"赶快放掉它，我不忍心看它那惊恐战栗的样子，像这样没有罪就被杀死多不仁道！"梁惠王难过地说。

牵牛人高兴地问："那就不必用血涂钟了吧？"

梁惠王急忙说："怎么可以不用血涂钟呢，换一只羊吧！"

——选译自《孟子·梁惠王上》

寓言启示

形式和内容有所变化，但实质并没有改变。意在讽刺某些人虚伪的仁慈和残忍本性。

拔 苗 助 长

宋国有个农夫，插下禾苗后成天在田边观看。他担忧禾苗长得太慢，心里不时念叨着希望它们快快长高。一天，农夫下到田里，动手把禾苗一棵棵地从泥里往上拔高一节。拔完禾苗，农夫疲惫不堪地走回去，他对家里人说："今天可把我累坏了，我一下子就让禾苗长高了许多。"

他的儿子一听，急忙跑到田里去看，田里所有的禾苗都枯萎了。

——选译自《孟子·公孙丑上》

寓言启示

做任何事都不能违反事物的客观发展规律，如果违反规律，急于求成，尽管出于好意，结果也只能是把事情办坏。

楚人学齐语

有个楚国大夫，想让儿子学会齐国的方言，他为儿子聘请了一位齐国人做老师。这位老师教授认真，要求严格，甚至每天鞭打督促。但因为楚大夫的儿子生活在楚人中间，成天听到的都是周围楚人的喧哗取笑，学了一段时间并没有学会齐国方言。

后来，这位楚国大夫把儿子安置到齐国都城临淄老百姓聚居的街道，让他直接生活在齐人中间。由于每天与齐人打交道，学讲齐语，楚大夫的儿子很快就熟练掌握了齐语。

——选译自《孟子·滕文公下》

寓言启示

环境对人的影响是很大的，人的学习与成长离不开必要的环境。

二人学棋

弈秋是全国棋艺最高的围棋手。有人请他教两个人学下围棋。

学棋的过程中,一个人静心专意地听从弈秋的教诲,仔细地观摩他的棋法。而另一个人坐在那里,却东张西望,脑子里随时想着天鹅就要飞来,想去拿弓箭射猎。学到后来,他和同学的人的棋艺已相差很远。

——选译自《孟子·告子上》

寓言启示

　　无论学什么本领,都必须专心致志,持之以恒;否则,即便由最有经验的名师指点也是学不好的。

曲 高 和 寡

有一位外地的歌唱家来到楚国的郢都演唱，他一开始唱起《下里》《巴人》这类最通俗的歌曲时，城中就有几千人跟着唱起来。接着他又演唱格调稍高的《阳阿》《薤露》两首歌曲，城中仍有几百人跟着唱。当他演唱格调更高的《阳春》《白雪》时，城中能跟着唱的只有很少的人了。

——选译自宋玉《对楚王问》

寓言启示

通俗的东西容易被众人接受；高雅的东西，只能为少数人理解。

燕石当宝

宋国有一个愚人，在齐国的梧台东边捡到了一块普通的燕石，回到家里后便把它小心地藏了起来。他非常高兴，自以为得到了稀世珍宝。

有个周国的客商听说了这件事，便找上了愚人的家门，请求看看他的珍宝。愚人态度庄重，沐浴更衣，七天不吃荤腥，然后换上祭礼时穿的礼服，戴上礼帽，杀了一头公牛举行祭祀，再打开十重皮箱，解开里面十层橘红色的包巾，小心翼翼地将燕石取了出来。客商见是一块普通的燕石，忍不住弯下腰捂着嘴笑起来，说："这是一块不值钱的燕石啊，与砖块瓦片没有什么区别。"

愚人一听大怒，气冲冲地说："商人的假话，巫师的鬼心，休想骗得我的宝石！"他气愤地赶走了客商，从此将燕石收藏得更加牢固，看守得更加严密。

——选译自《玉函山房辑佚书》引《阙子》逸文

寓言启示

讽刺是非不分、真假不辨而又自以为是的浅薄固执之人。

三石之弓

齐宣王喜欢射箭，也特别爱听周围的人赞美他能使用拉力很大的弓。其实，他使用的弓只有三石的拉力。可他常常把弓拿给左右的大臣观赏，那些大臣一个个试着拉弓，故意拉到半弯就装作拉不动了，纷纷奉承说："这弓的拉力不下九石，除了大王，谁也使用不了这样的弓！"

齐宣王听了，心里更加扬扬得意，自以为是天下最了不起的人。

——选译自《尹文子·大道上》

寓言启示

讽刺那些虚荣心强、好大喜功、名不副实而又喜欢别人奉承的人。

黄公好谦卑

　　齐国有位黄公，不管对什么人都特别谦虚。他有两个容貌倾国倾城的女儿深居闺阁。因为她们长得太美，黄公担心她们骄傲，就不时地说她们长得丑陋不堪。

　　两个女儿的丑名声传了出去，而且传得很远。结果，她们过了该结婚的妙龄，都没有人前来说媒聘娶，因此她们常常暗自垂泪。

——选译自《尹文子·大道上》

寓言启示

　　过分谦虚就会掩盖甚至损害优秀的品质，导致事与愿违的后果。

田父得玉

魏国有一位农夫在耕田时，拾得一块直径一尺的大宝玉。他不知这是一块珍贵的宝玉，便告诉了邻居。邻居识宝，产生了夺宝邪念，他对农夫说："这是一块怪石，留在家里会带来灾祸，得赶快放回原处去。"

农夫虽然心中疑惧，但还是把那块宝玉留在了家中。当天夜里，宝玉光芒四射，照亮了房子。农夫全家感到十分恐惧，不知如何是好。第二天，农夫把这件事告诉了邻居，邻居说："我说的不假吧，怪石放光是灾祸的征兆，赶快扔掉它，就可以免除灾祸。"农夫听后不敢迟疑，急忙抱上宝玉将它扔到了很远的荒野。

悄悄跟着农夫的邻居见宝玉被扔到了草丛中，禁不住一阵狂喜。待农夫走后，他慌忙捡起宝玉就往魏王的宫殿跑去。魏王接过宝玉，立即召来玉工鉴别。玉工惊喜地说："恭贺大王，你得到了天下罕见的至宝！谁要是用五座城来换，也只能让他看一眼。"

魏王听后，立即赏赐给献玉人千金，并让他一辈子享受上大夫的俸禄。而扔掉宝玉的那位农夫，此时正在烈日下耕田呢。

——选译自《尹文子·大道上》

寓言启示

揭露和鞭笞了那些用卑劣手段谋取高官厚禄的奸佞小人。

告诫人们，不要轻信他人谎言，以免上当受骗。

蒙 鸠 筑 巢

　　南方有一种名叫蒙鸠的鸟，它筑窝的本事可不小。这天，蒙鸠要筑新巢了，它飞到芦苇丛中选择了几枝花穗开始筑窝。它先用漂亮柔软的羽毛铺成舒适的窝，然后用长长的发丝将窝精心地编织起来，并将它拴挂在花穗上。看到筑好的新巢，蒙鸠很高兴，它开始在巢里生蛋孵雏。

　　有一天，突然吹来一阵大风，蒙鸠筑巢的芦苇花枝一齐折断，它生的蛋摔到地上砸破了，孵出的雏鸟也摔死了。

　　这并不是蒙鸠的巢筑得不完好，而是它依托的地方不牢靠啊！

——选译自《荀子·劝学》

寓 言 启 示

　　做什么事都应该建立坚实可靠的基础，否则只会前功尽弃。

智子疑邻

宋国有一个富人，他的宅院四周都是高墙。一天，暴雨将富人家的院墙冲塌了一角，他的儿子说："如不赶快补好院墙，一定会有小偷进来偷财物。"邻居的一位老人见富人院墙塌了一角，也像富人的儿子那样劝告他。

当天夜里，果然有小偷趁墙角未修翻入富人家，偷走了许多财物。富人想起儿子和邻居老人白天说的话，他夸奖儿子有先见之明，却怀疑邻居老人偷了他家的东西。

——选译自《韩非子·说难》

寓言启示

以亲疏为是非标准，不顾客观事实，就容易产生错误的判断。

弥 子 瑕 失 宠

从前，弥子瑕很受卫灵公的宠爱。一次，弥子瑕的母亲得了急病，他假托卫灵公的命令私驾君王的马车出宫去了。这样做，按卫国的法律是要被处以砍脚之刑的。但卫灵公听说后认为弥子瑕有贤德，对周围的人说："他真是孝顺啊，为了母亲的病连砍脚的刑罚都不顾了！"

还有一次，弥子瑕随卫灵公在果园中游玩，弥子瑕吃的桃子香甜多汁，他将吃剩下的一半给卫灵公吃，卫灵公不但没有生气，反而十分高兴地对弥子瑕说："你真是爱我啊，将自己舍不得吃的好桃送给我分享！"

随着岁月的推延，弥子瑕受到的宠爱越来越少，到后来还得罪了卫灵公。卫灵公不但对他置之不理，还对周围的人说："弥子瑕这个人品行不端，有一次他竟敢假托君命动用我的马车，还有一次竟然把他吃剩下的桃子送给我吃，该当何罪！"

弥子瑕现在的品行和从前相比并没有变化，他之所以先前被认为有贤德，后来被怪罪，是因为卫灵公对弥子瑕的爱憎有了前后的改变。

——选译自《韩非子·说难》

寓 言 启 示

　　由于评判者个人的爱憎变化，会对同一件事作出前后截然不同的评价。告诫人们无论何时何地，看待人和事物的好坏，都不应凭自己的好恶去感情用事，而要坚持客观的是非标准。

蔡 桓 公 忌 医

一天，著名医师扁鹊为蔡桓公诊断后说："我看君王有病了，现在病还只在皮肤表层，不难治好，如果不及时治，病就会深入体内。"蔡桓公听后不以为然地说："我什么病也没有！"等到扁鹊出宫后，他对左右的人说："医师就喜欢给没病的人治疗，这样好显示出他的医术高明。"

过了十天，扁鹊又去拜见蔡桓公，他观察后说："君王的病已经发展到肌肉里去了，再不治疗，还会加深。"蔡桓公没有理睬，心里很不高兴。扁鹊只好告辞了。

又过了十天，扁鹊再拜见蔡桓公时说："君王的病已蔓延到肠胃里了，如还不治疗，病情会更加严重。"蔡桓公依然不理睬，心中更加不高兴。扁鹊无可奈何地告辞了。

又过了十天，扁鹊一见蔡桓公，转身就跑了。蔡桓公不知扁鹊为什么不和他说话就跑了，派人去问扁鹊。扁鹊说："现在君王的病已深入到主宰生命的骨髓里，我已没有丝毫办法，请不要再来让我为他治疗。"

五天之后，蔡桓公全身疼痛，派人四处寻找扁鹊，而扁鹊已逃到秦国去了。不久，蔡桓公就被重病活活地折磨死了。

——选译自《韩非子·喻老》

寓言启示

诲疾忌医，小病就要发展成大病，难以医治；小错不纠，就要酿成大错，带来严重的恶果。

纣 为 象 箸

　　从前，殷纣王命人为他做了一双象牙筷，他的叔父箕子为此事感到恐惧。箕子心里预感到，贵重的象牙筷一定不会配用土陶碗盏，必然要与犀牛角杯或玉石杯配用。用了象牙筷与贵重杯盏，一定不会去喝普通寡味的菜汤，必然要吃牦牛、大象、豹子的胎儿。吃这些山珍美味，一定不会穿粗布短衣住茅草屋，必然会穿多层绫罗新衣，住豪华大屋。想到这些，箕子说："不敢再往下想，我十分害怕它的结局，所以一开始就感到恐惧！"

　　过了五年，果然如箕子预感的结局：殷纣王设立了挂满肉的肉林，制造了用炭火烧红铜柱烤肉吃的炮烙，还用炮烙做刑具残害反抗他的人。他酿酒的酒糟堆成了山丘，饮用的美酒储满了酒池。殷商终于因此而灭亡了。

　　箕子看到象牙筷就预知天下会有祸乱，所以老子说过："能以小见大，就叫作明智。"

——选译自《韩非子·喻老》

　　治理国家和认识问题都要善于见微知著，及时看到萌芽状态的不利因素并做明智的处理。

鲁 人 徙 越

有个鲁国人擅长织麻鞋，他的妻子擅长织生绢。他们打算迁到越国去做生意。

鲁人和妻子正准备启程，一位熟人对他们说："你们到越国，一定会受穷的。"

鲁人问："为什么呢？"

那个熟人告诉他说："麻鞋是供人穿的，而越国人都光着脚走路；生绢是用来做帽子的，而越国人都披头散发不戴帽子。你们虽有织鞋编帽的本事，但在越国用不上，要想不受穷，怎么办得到呢？"

鲁人和妻子一听，恍然大悟。

——选译自《韩非子·说林上》

寓 言 启 示

一个人的才能能否体现并发挥其价值，取决于社会的需要。如果脱离社会的需要，不管有什么本事，都不能实现其价值。

两 口 蛇 相 咬

　　有一种名叫"虺"的蛇，头上长着两张嘴巴。平时这两张嘴互相照顾，无论觅食或与敌对动物搏斗，都能齐心合力，配合默契。因此，这种蛇行动敏捷矫健，活得自由自在。

　　后来，虺蛇的两张嘴因说话伤害对方，便厮咬起来。由此积下私怨，以后便经常厮咬。在一次激烈的争食中，它残忍地把自己给咬死了。

——选译自《韩非子·说林下》

寓 言 启 示

　　有着共同利益的双方如果互相争夺，互不相让，就会两败俱伤，甚至共同毁灭。

三 人 成 虎

魏王的大臣庞恭即将陪太子作为人质,前往赵国都城邯郸。临行前,庞恭对魏王说:"如果现在有人对你说:闹市上跑来一只猛虎,大王相信吗?"魏王笑笑说:"那我不会信的。"

庞恭又问:"如果有两个人都说有虎呢?"魏王依然笑笑回答:"我还是不会信的。"

庞恭接着又问:"如果三个人都对你说闹市上有虎,你还不相信吗?"魏王收敛了笑容说:"众人都这么说了,我只有相信了。"

庞恭听后,满心忧虑地说:"闹市上没有老虎,这是明明白白的事。可是,因为三个人都说有虎,便成了真的了。现在我要去的邯郸离魏国要比你这里离闹市远得多。我走后说我坏话的人不会少于三人,请大王明察。"

令庞恭失望的是,他走后魏王听信了众人的谗言,当他从邯郸返回魏国后,魏王就不再召见他了。庞恭成天悲伤地感叹:"真是三人成虎啊!"

——选译自《韩非子·内储说上》

　　谣言被人多次散布，往往就被人们当成事实。因此，人们对传言应持辨析求实的态度，以免轻信而受蒙骗。

滥竽充数

　　齐宣王在位时，喜欢听宫中乐队吹竽。每次观赏演奏，他总是让三百人一起吹奏。

　　有位不会吹竽的南郭先生，知道齐宣王喜欢听众人吹竽，便投其所好，向齐宣王吹嘘自己如何擅长吹竽，请求宣王同意他参加乐队的演奏。齐宣王答应了。每逢演奏时，南郭先生都摇头晃脑、装模作样地吹竽。就这样，他享受到了和其他吹竽人同样的俸禄。

　　后来，齐宣王死了，儿子齐愍王即位。齐愍王也喜欢听竽，不过他不喜欢庞大的乐队合奏，而只爱听独奏。南郭先生一看无法混下去了，只好乘大家不注意，悄悄地逃走了。

——选译自《韩非子·内储说上》

寓言启示

　　讽刺那些不懂装懂、骗取他人信任和好处的人。告诫人们，不学无术的人靠蒙混过关的日子是不会长久的。

买椟还珠

　　有个楚国人到郑国去卖珍珠，他用名贵的木兰为珍珠做了一只精致的匣子，并用桂皮和花椒把匣子熏香，用珠玉、翡翠镶嵌匣子，还在上面绘饰了玫瑰图案。

　　一个郑国人买了这只装有珍珠的匣子，然而他只拿走了装饰豪华精美的匣子，却将里面的珍珠还给了楚国人。

　　这个楚国人不明白为什么卖得掉匣子，而卖不掉更有价值的珍珠。

——选译自《韩非子·外储说左上》

寓言启示

　　讽刺只重形式而不重内容、只重华美而不重有用的社会现象。

画 鬼 最 易

有位画师去为齐王作画，齐王问他："画什么东西最难呢？"

画师回答说："画狗和画马最难。"

齐王又问："那么，画什么最容易呢？"

画师说："画鬼怪最容易，因为鬼怪根本不存在，谁也没见过，可以随心所欲地画。画狗、马最难，因为人们早晚都能见到它们，画师画得再好，也不可能与它们完全相像。"

齐王听后点着头说："我明白为什么画鬼最容易了。"

——选译自《韩非子·外储说左上》

寓 言 启 示

做事要按客观实际和明确的标准就很难，凭主观想象随意地做就很容易。

郑 人 买 履

郑国有个人，准备到集市上买双鞋子。他在家里先用草绳量好了脚的尺寸，但出家门时却忘了带草绳。

这人来到集市，左挑右选，终于选中了一双鞋。他伸手去衣袋里摸量脚的草绳，突然叫起来："糟糕！忘在家里了。"他急忙转身跑回家去。

等他气喘吁吁再赶回来时，集市已经散了。一个熟人听他说了没买到鞋的情况，惊讶地问："你为什么不用自己的脚来比试呢？"

这位买鞋的人竟然说道："我宁可相信量了尺寸的草绳，也不相信自己的脚！"

——选译自《韩非子·外储说左上》

寓言启示

讽刺那些办事不相信现实，不从实际出发而墨守成规的迂腐之人。

曾 子 杀 彘

一天，曾子的妻子要去集市，儿子哭闹着要跟她同去，她哄儿子说："别哭了，回去吧，等我赶集回来给你杀猪，为你弄好吃的。"儿子信以为真，欢欢喜喜地留在了家里。

曾子的妻子从集市返回时，见曾子正准备杀猪。她急忙上前阻止说："你怎么当真要杀猪呢，我可是哄儿子的。"

曾子认真地说："父母是不能随意哄骗小孩的，小孩还没有知识，非常单纯，他们直接受父母言行的影响，需要父母的教诲。如果今天不杀猪，欺哄了他，那等于是教他可以欺哄别人。母亲如果欺骗了孩子，孩子就不会再信任母亲，以后便很难再教育他了。"

曾子说服了妻子，他们一起动手将猪杀掉给儿子吃。

——选译自《韩非子·外储说左上》

寓 言 启 示

要教育好下一代，使他们品行端正，当父母的和其他教育者就必须言而有信，言传身教。

不 识 车 轭

郑县有个人在路旁捡到一个车轭，他不知道叫什么，便问附近的一位老人说："这是什么东西啊？"老人回答说："这叫车轭，是套在牲畜颈部拉车用的。"

不一会儿，他又捡到一个车轭，还是去问那位老人说："这是什么东西啊？"老人笑了笑说："你怎么就不认识了，这和你刚才捡到的东西是同样的。"

他听了满脸怒气地嚷着："你先前说是车轭，现在又说是车轭，哪里会有这么多车轭？这分明是在欺哄我！"

老人对他说："像你这样呆板的人是学不到什么东西的。"

——选译自《韩非子·外储说左上》

寓言启示

诙刺那些学习态度死板、思维方式机械的愚人。告诫人们学习知识要善于举一反三，触类旁通。

楚厉王击鼓

楚国的国君厉王遇到敌人要进犯的紧急情况，就击鼓召集百姓一起来防守城市。

一次，楚厉王喝醉了酒，胡乱地敲起鼓来。老百姓听到激越的鼓声，惊慌地聚集起来，准备参加战斗。楚厉王听说后忙派人前去制止，转告百姓说："是我喝醉了酒，与左右的侍臣闹着玩而敲了报警的鼓。"百姓们听后，纷纷抱怨着四下离去。

过了几个月，真有敌人准备进犯楚国。楚厉王获得警报后立即擂鼓，可老百姓却不来了，以为国君又喝醉酒了。楚厉王不得不派人四处发布他的命令，更改新的报警信号，老百姓才相信了。

——选译自《韩非子·外储说左上》

寓言启示

统治者平时随心所欲，失信于民，当国家遇到危难时，就难以号召老百姓共渡难关。只有取信于民，才能得到民众的拥护和支持。

自相矛盾

有个楚国人，在闹市上卖矛和盾。对那些围观的人，他先吹嘘自己手里的盾说："我的盾坚固无比，任何锋利的东西都不能刺穿它！"过了一会儿，他又拿起矛来，一边比画一边吹嘘说："我的矛锋利无比，任何坚固的东西都能刺穿！"

围观的人们听了他的话，都觉得好笑。有人问他说："如果用你的矛去刺你的盾，结果会怎么样呢？"这个人被问得张口结舌，一句话也答不上来，只好收起自己的矛和盾，灰溜溜地离开了闹市。

——选译自《韩非子·难一》

寓言启示

言论及行动要前后一致，不能自相抵牾，违反逻辑，否则无法让人信服。

守 株 待 兔

宋国有一位农夫，一天正在田里耕作，有只野兔狂奔而来，撞在田边的大树上，碰断脖子死了。农夫一见，赶快放下农具走到树下，捡起了这只死兔。

从此，这个农夫不愿再耕田，他成天守在田边的大树旁，一心想再捡到兔子。

可他再也没有捡到过兔子，但他守在树下苦等兔子的行为却被宋国人传为笑话。

——选译自《韩非子·五蠹》

寓 言 启 示

告诫人们不能把偶然当成必然结果，更不能把过去的经验当作恒定的规律。同时也讽刺了那些想不劳而获而坐享其成的懒汉。

朝 三 暮 四

宋国有个人特别爱猴子，他喂养了一大群猴子。他很懂猴子的心理，猴子也会讨他的欢心。他宁肯让家里人省下一些口粮，也要让猴子吃饱。

没过多久，家里的粮食就不够吃了。养猴人想限制一下猴子的食量，但又担心它们不听话，便哄着说："今后我给你们吃橡栗，早上三颗，晚上四颗，够吃了吗？"猴子们都嫌少，又蹦又跳地乱起哄。

过了一会儿，养猴人又说："你们嫌少，那就这样吧，改成早上四颗，晚上三颗，这该满意了吧？"

猴子们一听，以为主人给它们增加了食量，一个个高兴得龇牙咧嘴，趴在地上向主人叩头。

——选译自《列子·黄帝》

寓言启示

看待事物，不要只看表面现象，而要看本质，否则就会被假象愚弄。后来"朝三暮四"被人们用来形容没有主见，反复无常。

两 小 儿 辩 日

孔子到东方旅行的途中，碰见两个小孩在争辩太阳的问题。

稍大一点的孩子说："我认为太阳刚出时离人近，中午时离人远。因为日出时，太阳像车盖那么大，到了中午，就像普通的盘子和盂钵一样小了，这不正说明太阳小的时候离我们远，大的时候离我们近吗？"

小一点的孩子不服气地说："我认为太阳初出时离人远，中午时离人近。因为日出时还感到凉凉爽爽，到了中午就感到阳光像热水烫着手一样，这不正说明太阳热的时候离我们近，凉爽的时候离我们远吗？"

两个小孩各抒己见，互不相让，他们请孔子裁决谁的看法正确。孔子觉得他们说的都有一定的道理，无法评判出他们的是非。两个小孩见孔子不能回答，嘲笑他说："谁说你知识渊博，你连我们小孩的问题都回答不上来。"

——选译自《列子·汤问》

　　事物都有相对的一面，评判的标准不同，结论就有差异，所以不能主观片面地决断事物的是非。同时也说明，知识渊博的人也不能对任何事物都作出正确评价。因此，遇到不懂的问题，人们应该抱着"不知为不知"的态度。

薛谭学唱

薛谭向秦国著名的歌唱家秦青学习唱歌，他还没有掌握秦青的全部歌唱技巧，就自以为掌握完了。

一天，薛谭要辞别回家，秦青并不劝阻，而是在城外大道的长亭上设宴为他送行。饮酒间，秦青拍打着节拍唱起悲壮激昂、豪情万丈的名曲，亭旁的树林被歌声振荡，天上游动的浮云也被歌声阻遏。

薛谭此时才醒悟，原来老师还有高深的本领等待自己学习。他很惭愧，赶忙向秦青道歉，请求老师同意他回去继续学习，秦青答应了他。

——选译自《列子·汤问》

寓言启示

学无止境，浅尝辄止和自我满足是学不到真本领的。

田 夫 献 日

从前，宋国偏僻的乡野有一位农夫，平常总是穿一件破麻布片衣服，即使到了三九严冬也靠它御寒。

春天到了，农夫在田间耕作，和煦的阳光把他周身晒得暖烘烘的，他心里暗想："这太阳真是个宝贝。"他不知道天下有深宅大院能避风寒，也不知道有钱人能穿暖和豪华的丝绒棉袄、狐皮衣和貂皮衣，他以为世上许多人都像他那样无御寒之衣。

这时，他的妻子前来送饮水，他得意地对妻子说："晒太阳取暖的方法，别人都还不知道，我到都城去把它献给国君，一定会得到重赏。"

——选译自《列子·杨朱》

寓言启示

孤陋寡闻、见识短浅，就容易把无价值的事物视为了不得的发现，闹出少见多怪的笑话。

杨布打狗

杨朱的弟弟叫杨布，这天上午他穿了一件白色衣服出门办事。下午遇上大雨淋湿了衣服，他从朋友处换了一件黑衣服回家。到了家门口，他家的狗误认为是生人，扑上前去汪汪吼叫。杨布很恼怒，从门旁拿起木棍就要打它。

杨朱一见，上前劝阻说："别打它了，你也有分不清情况的时候。要是你的一只白狗出门，回来时变成了只黑狗，难道你不会惊讶得叫起来吗？"

杨布一听，放下了手里的木棍。

——选译自《列子·说符》

寓言启示

事物是变化的，不能用旧的眼光去看待变化了的事物。同时也在告诫人们，被人误解的时候，要先从自己身上找原因，切不可不问青红皂白，一概归咎于对方。

捕鸠放鸠

邯郸的老百姓在正月初一这天，向晋国的卿大夫简子进献了许多斑鸠，简子收下后非常高兴，重赏了献鸠的人们。有位客人问他为什么要这样做。

简子得意地说："正月初一放生，表示我对生物有怜悯恩爱之心。"

客人却不满地说："老百姓知道你要放生，便争先恐后地去捕捉斑鸠。从捕捉到送鸟的过程中，不知死伤了多少鸟。你要是真心怜悯爱护它们的话，不如禁止老百姓去捕捉。你让他们去捕捉来再放掉，这样的恩爱补偿不了你的过失啊！"

简子听后，十分愧疚地说："是啊，不该这样！"

——选译自《列子·说符》

寓言启示

讽刺那些表面上在为人们做好事，而实际上造祸于人的虚伪行径。

枯梧不祥

　　有一家人，院里有棵梧桐树快枯死了。邻居老汉说梧桐树枯死是不祥之兆，不砍掉它会给家里招来灾祸，那家主人听了心里十分恐惧，立即与家人一起将梧桐树砍倒了。

　　枯梧桐树刚被砍倒，邻居老汉便上门请求将这枯树送给他当柴火。那家主人一下明白了他怂恿砍树的真实用心，愤怒地对家里人说："如此居心险恶的人，怎么能继续与他为邻呢？"

——选译自《列子·说符》

寓言启示

　　不要轻信居心险恶的人，以免上当受骗，遭受不应有的损失。

疑 人 偷 斧

有个人粗心大意，不知道自己的一把斧子怎么丢失了，他怀疑是邻居的儿子偷走的。

他留心观察邻居儿子的举动，发现他走路的样子像个偷斧的，看他脸上的神色像个偷斧的，听他的谈话也像个偷斧的。总之，邻居儿子的一切言行都像是个偷斧贼。

不久，失斧的人在自家院里挖坑时从土里把斧头挖出来了。当他再看邻居的儿子的一举一动时，感到没有哪一点和先前观察的一样。

失斧的人感慨地说："幸好找到了斧头，要不然邻居的儿子一辈子都要受到怀疑。"

——选译自《列子·说符》

寓 言 启 示

　　不能凭主观印象和无端猜测来判断人的行为，否则就容易产生错误，导致偏见。人们判断问题的是非真伪应有根据，重事实，用理智。

齐人攫金

　　齐国有个人成天想得到金子，白天口里念着金子，晚上睡觉梦着金子。这天一大早，他穿好衣服戴上帽子，朝着卖金子的店铺径直奔去。走进店铺，便从货柜上大把大把地抓拿金子。他正要离开金店时，被巡逻的官吏当场逮捕。

　　官吏审问抢金人说："店内店外都有人，你怎么敢抢别人的金子呢？"

　　抢金人回答说："我抢金子的时候，没有看见人，只看见了金子。"

——选译自《列子·说符》

寓言启示

　　讽刺那种为了金钱而不顾一切的荒唐可耻的人。告诫人们，如果财迷心窍，利令智昏，往往会因为忘掉周围环境而做出令人难以置信的坏事。

割肉相啖

　　齐国有两个人，都自认为是天下最勇敢的人，都喜欢夸耀自己的勇敢。他俩一个住在城东，一个住在城西。

　　这天，两人偶然在路途中相遇，互相说："咱俩一起饮酒去吧。"

　　几杯酒下肚，两人都觉得喝得无味。一人说："还是弄点肉下酒吧？"另一人说："你身上有的是肉，我身上也有的是肉，还用得着另外去买肉吗？叫店老板为我们准备一些调料就行了。"

　　他俩毫不犹豫地拔出随身佩带的短刀，互相在对方身上割下肉来，津津有味地吃着。他俩吃完又割，割了又吃，直到两人倒在地上死去。

　　躲在远处的店老板看到两人的惨状，惊恐地说："像这样的勇敢，还不如不勇敢的好。"

——选译自《吕氏春秋·当务》

寓言启示

　　勇敢的精神如果用在愚蠢之举上，不但无益，反而极为有害。

鲁 有 丑 人

　　鲁国有个长得很丑陋的人，他的父亲却并不认为他丑。一天，丑人的父亲在外地看见了天下公认的美男子商咄，并不认为其美貌过人。回到家后，他告诉左右邻居说："我亲眼见到了你们传说的商咄，他的相貌可比不上我的儿子漂亮啊！"

　　邻居听后议论说："他认为最美的比不上最丑的，是因为最丑的是他的儿子。"

——选译自《吕氏春秋·去尤》

寓言启示

　　判断问题的是非，不能以关系的亲疏为标准，而要以客观事实为准绳。

燕雀临祸

一群燕雀飞到一座大宅的房檐上，争先恐后地占据舒适的地方。一切安顿好了，雌鸟哺育着幼鸟，雄鸟带着学飞的小鸟飞腾跳跃。它们的日子就这样一天天度过。

一天，炉灶上的烟囱裂了，大火向上冒，烧着了屋梁。一场灾难眼看就要降临了，可那群燕雀还像往日一样在房顶上欢呼跳跃，欢乐自得。

——选译自《吕氏春秋·谕大》

寓言启示

人们应该随时审视自己的环境，居安思危，不要像燕雀那样，大祸临头而不知自救。

蹶与蛩蛩、距虚

　　北方有一种名叫蹶的野兽，它的前腿像老鼠的前腿那样短，后腿像兔子的后腿那样长，走快了就会绊脚，跑起来就会摔倒。和它经常在一起生活的有蛩蛩和距虚两种动物，它们都善跑步却不善觅食。蹶从来不会只顾自己，它每天觅食时都多采一些鲜嫩甜美的草送给蛩蛩和距虚吃。就这样，它们互相关照，建立了很好的关系。每当有什么动物想伤害蹶时，蛩蛩和距虚就会奋不顾身地轮流背着它逃走。

　　　　　　　　　　　　　　　——选译自《吕氏春秋·不广》

寓言启示

　　物各有所长，亦各有所短，若能互相取长补短，彼此都会受益。

刻 舟 求 剑

楚国有个人乘船过江，他站在船舷处观景，一不小心，腰间的佩剑落进了流水中。他急忙在船舷落剑处刻了个记号，然后松口气说："这儿正是我的佩剑落水的地方，这下不怕找不着剑了。"

船一靠岸，他便从刻记号的地方跳入水中寻剑，寻了好半天，也没寻着。

站在岸边的人嘲笑他说："落在水中的剑不会移动，而船在不停地航行，像你这样找剑，能找到吗？"

——选译自《吕氏春秋·察今》

寓言启示

　　事物都是在不断发展变化的，应以发展的眼光来处理问题；墨守成规、不知变通，只能碰壁。

举婴投江

有一个人举着一个婴儿要往江中扔，婴儿手脚乱动，大声啼哭。过路的人问他为什么要这样做，他回答说："别担心，这孩子的父亲非常擅长游泳。"

孩子的父亲擅长游泳，他的婴儿难道也会游泳吗？

——选译自《吕氏春秋·察今》

寓言启示

讽刺头脑僵化、认识片面、不从实际情况出发处理问题的人。告诫人们，看待事物不能只看表面的联系，要看到内在的联系。

宾卑聚之勇

　　齐庄公时有个勇士叫宾卑聚。有天夜里，他看见一个虎背熊腰的大汉，戴白色绢帽，系红色帽带，身穿白绸衣，脚穿白绢鞋，腰间佩带黑色剑鞘。这人冲上前来大声呵斥，还吐了他一脸唾沫。宾卑聚大叫一声猛然惊醒，才知道原来是一场噩梦。想着梦里的情景，他深感羞侮和愤懑。

　　第二天，他把朋友们请来，告诉他们说："我自幼就很勇敢，到了六十岁还没受到过屈辱。没想到昨天夜里竟受到如此侮辱，我一定要找到梦里那个恶汉，找到则罢，找不到我就不活在世上了！"

　　从这天起，他每天与朋友们一起站在大道口观察过往行人。好几天过去了，却始终没有发现梦里那位恶汉，宾卑聚便回家自杀了。

——选译自《吕氏春秋·离俗》

寓言启示

　　不能用虚荣来支配勇气和自尊，不要为了本不存在的个人怨恨而去作无谓的争斗和牺牲。

黎丘丈人

梁国北部有一座叫黎丘的山坡,那儿有个鬼怪,喜欢变成别人子侄兄弟的模样去害人。

一天,乡里有位老人在集市上醉酒而归。在回家的山道途中,那个鬼怪蹿到他的身后,变成他儿子的模样上前搀扶着他走路,并且不断地作弄他,一会用脚绊倒他,一会让他在原地打转转,还不时地让他撞在树干上。

他回到家里,酒醒后叫来儿子责骂:"我是你的父亲,平日对你那么慈爱,我喝醉了酒,你却在路上折磨我,这是为什么呢?"

儿子听后迷惑不解,急得边哭边跪在地上磕着头说:"冤枉啊!这是根本没有的事,我昨天到东乡讨债去了。不信,你可以亲自去问问。"

他相信了儿子,突然醒悟过来:"唉,这事一定是那个奇鬼在作怪,我早就听说过它害过人!"他心里计划明天故意再到集市上饮酒,准备遇见鬼时把它杀死。

第二天一大早,老人又到集市喝醉了酒返回。没料到,他的儿子担心他不能回家,就去途中接他。老人望见儿子,以为又是那奇鬼变成的，于是，愤怒地拔出剑来把儿子刺死了。

那鬼怪在附近看了，得意地狞笑着说："我变成他的儿子欺骗了他，他却误杀了自己的真儿子。"

——选译自《吕氏春秋·疑似》

寓言启示

判别复杂事物的真伪，必须根据事物的本来面目细加审察辨析，不要被假象所迷惑，否则就会得出错误的结论和采取错误的行动。

穿井得一人

宋国有一位姓丁的人，他家里没有水井，全家的生活用水必须到很远的地方去取。于是，他们不得不专门抽一个人去运水。

后来，他家打了一口井，再也不用抽人到远地打水了。他高兴地对别人说："我家打井得了一个人。"

有人听到这话到处传说："哎呀！真稀奇，丁家打井得了一个人。"这件事很快成了街谈巷议的新闻。

宋国国君听说后难以相信，立即派人去丁家查问。丁家回答说："我家打了井，就不用再派人外出运水，这就等于多得了一个人力，并不是我们打井时从井里挖出一个人来。"

——选译自《吕氏春秋·察传》

寓言启示

　　道听途说、以讹传讹，就会混淆视听，让人难辨真假。所以听到传闻不要轻信，而应冷静考察以明辨是非。

掩耳盗钟

晋国贵族范氏败亡时，有个人想趁机偷走他家的一口钟。

那人准备背上钟逃走，可钟又大又重，无法背走。他找来一把铁锤，想把钟砸成碎片再一块块搬走。当他挥锤砸到钟上时，钟发出了洪亮的响声。他唯恐别人听到声音来夺钟，急忙用双手紧紧地捂住了自己的耳朵。

这时，偷钟人心里暗自高兴："嘻嘻，这下可好了，我听不见钟声，别人也听不见了。"

——选译自《吕氏春秋·自知》

寓 言 启 示

讽刺了那些无视眼前事实，为了掩盖错误而自欺欺人的愚蠢者。

两 虎 相 斗

这天，管庄子和管与到山里去猎虎。他们来到一个山谷，见两只老虎为了争食人肉正在撕咬扑打。

管庄子立即就要前去刺杀老虎，管与阻止他说："老虎力大无比又那么凶残，你去能制服它们吗？现在它们正在为争夺人肉而搏斗，那只小虎必定会被大虎咬死，大虎也会受伤，机会一到，你就立即去刺那只受伤的大虎，这样不就可以兼得两虎了吗？"管庄子听了点头称是。

果然，两只虎搏斗到最后，小的咽气倒地，大的受伤难以动弹。趁此机会，管庄子刺死受伤的大虎。就这样，他们轻易地获得了两虎。

——选译自《战国策·秦策二》

寓 言 启 示

遇到强敌不能硬拼，要善于利用敌人内部的矛盾，待机行动，才能减少风险和损失，获得最后的胜利。

曾参杀人

　　曾参居住在费城时，这里有个与曾参同姓名的人杀了人。有人将此事告诉曾参的母亲说："曾参杀了人。"曾母说："我的儿子是不会杀人的。"说完照常神态自若地织布。

　　过了一会儿，另一个人又来说："曾参杀了人。"曾母还是不相信，依然镇静地织布。

　　又过了一会儿，又有一人来告诉她说："你儿子曾参杀了人。"这下曾母害怕了，慌忙丢下织布的梭子，翻墙逃走了。

　　邻居知道这件事后，十分感叹地说："曾参贤良的品德大家都知道，他母亲也最了解他信任他，可多次听到曾参杀人的消息，她也不得不信啊！"

　　　　　　　　　　　　　　　　——选译自《战国策·秦策二》

寓言启示

　　人言可畏，流言蜚语重复再三，不仅容易被普通人相信，就连谙熟事理的贤达之人也难免相信。面对流言蜚语，我们要始终坚持冷静理智的态度，才能避免轻信盲从。

邹 忌 窥 镜

齐国的邹忌身高八尺有余，相貌堂堂。一天早上，他穿好衣服，戴上帽子，一边照镜子一边问妻子："我同城北的徐公比，谁漂亮？"妻子回答说："当然是你漂亮，徐公哪能比得上你呢！"

城北的徐公，是齐国有名的美男子。邹忌不相信自己比徐公漂亮，又去问小老婆："我与徐公相比，谁漂亮？"小老婆回答说："徐公哪比得上你漂亮啊！"

第二天，有一位客人来找邹忌商谈事情。谈话间，邹忌问他："我与徐公相比，谁漂亮？"客人回答说："那还用问，当然是你漂亮！"

又过了一天，徐公来邹忌家拜访。邹忌一见，自以为不如徐公漂亮。徐公走后，他又照镜子观看自己，觉得自己与徐公相比差得很远。当天晚上，邹忌躺在床上想着这件事，自言自语地说："我并不比徐公漂亮，那么多人却说我漂亮，这是为什么呢？"他反复思考，终于感叹地说："我的妻子说我漂亮，是因为偏爱我；我的小老婆说我漂亮，是因为害怕我；客人说我漂亮，是因为有求于我。要不是我亲自见到徐公，我还会一直相信他们的话呢。"

——选译自《战国策·齐策一》

寓言启示

　　人贵有自知之明。不要在别人的颂扬中自我陶醉，要善于辨别真伪，发现自己的不足。

画 蛇 添 足

　　楚国有个人在祭祀完毕后，赏赐给门客们一壶酒。一个门客提议说："大家都来喝这壶酒，远远不够喝。如果让一个人喝就能喝个痛快。不如每人在地上画一条蛇，谁先画好，这壶酒就归谁。"众门客一致赞成。

　　有个人很快就画好了蛇，当他提起酒壶准备喝酒时，见别人都还没有画完，心里十分得意，便左手提壶，右手继续去画。他边画边夸耀说："瞧，我还有时间再为蛇添几只足呢！"

　　当他正在添蛇足时，另一个人已经把蛇画好了，并且毫不客气地夺过酒壶说："蛇本来没有足，你怎么能给它添上足呢！可见你画的并不是蛇。对不起，这壶酒归我喝了。"说着将酒一饮而尽。

　　　　　　　　　　　　　　　　——选译自《战国策·齐策二》

寓 言 启 示

　　讽刺那些本可以将事情办好，却要采取多余的行动将它办糟的人。告诫人们办事要适可而止，不要自作聪明、弄巧成拙。

狐 假 虎 威

一天，老虎在森林中寻找野兽充饥，抓到了一只狐狸。

狐狸说："你怎么敢吃我啊！我是上帝派到森林来的百兽之王，你要吃我，就是违背上帝的命令。你如果不信我的话，那我就走在你的前面，你跟在我的后面，看看百兽见到我时，有哪个敢不逃跑的。"

老虎同意了狐狸的提议，就跟在狐狸后面往前走。果然，野兽一见它们便吓得四下逃窜。老虎不知道野兽是怕自己才逃跑的，还以为是怕狐狸呢。

狐狸神气地问老虎："你还敢吃我吗？"

老虎胆怯地连声说："不敢，不敢，请大王宽恕。"

——选译自《战国策·楚策一》

寓言启示

讽刺了那些地位卑下、能力弱小而凭借别人的权势招摇撞骗的人。并告诫权威人士不要被骗子所利用和愚弄。

骥遇伯乐

有一匹骥，本是日行千里的好马，却被主人长期用来拉盐车。它的牙口都已长齐，主人还是让它运盐。

有一天，它拉着盐车去太行山。途中爬坡的时候，它膝盖弯曲，四蹄猛蹬，累得浑身汗流如注，口中的白沫洒满一地。它的皮肤早已溃烂，尾巴上附满粪渍。此时，它已用尽全身力气，可怎么也爬不上山坡。

正在这个时候，伯乐经过这里。他赶忙从自己的马车上跳下去帮助骥拉车。到了坡上，伯乐痛哭着解下自己的粗布衣服盖在了骥的身上。

骥感动得抬头仰天长啸，那震天的嘶鸣直冲云霄。伯乐卸下它的辕套，用自己的车帮它运盐。再让它去千里之外送一封重要的信函，只见它纵身一跃，像利箭般消失在远方。

——选译自《战国策·楚策四》

寓言启示

　　针砭了压制、浪费和糟蹋人才的社会现象。说明了只有善于发现人才、爱护人才、重用人才，才能使人才发挥出应有的作用。

老 虎 断 掌

　　一只老虎不小心触动了猎人设置的捕兽器，结果一只脚被铁套子牢牢地铐住。它知道如果不尽快逃掉，就会被猎人捕去剥皮剐肉。但要逃掉，就必须舍去那只被铐住了的脚掌。为了保全性命，老虎狠心一挣，脚掌断了，它拖着三只健全的脚一瘸一拐地逃走了。

——选译自《战国策·赵策三》

寓 言 启 示

　　当局部利益与整体利益不能兼顾、局部利益危及整体利益时，必须果断地牺牲局部利益，保全整体利益。

南 辕 北 辙

季梁在大路上见一个富人正驾车往北驰行，就向富人问道："你到哪儿去？"富人回答说："我到楚国去。"

季梁不解地问："去楚国应该往南走，你怎么反而向北去啊？"

富人说："不要紧，我的马好。"

季梁说："马虽好，可去的不是往楚国的路啊。"

富人满不在乎地说："我的旅费很多！"

季梁耐心地劝他说："旅费再多，但往北走始终也到不了楚国呀！"

这个富翁仍固执地对季梁说："别再劝我了，我的车夫驾车的本领很高。"说完，命车夫驾着车继续往北急驰而去。

季梁望着富人远去的车子，叹着气说："虽然他的条件好，但方向错了，只会离楚国越来越远啊！"

——选译自《战国策·魏策四》

寓 言 启 示

做任何事情，都要有正确的方向；若方向错了，不管条件如何充分，主观如何努力，也只会离预定的目标越来越远。

马价十倍

　　有个人去卖一匹骏马，接连在市场上站了三天，也没有一个人愿买他的马。

　　没办法，他去求伯乐说："我有匹骏马卖了三天还没卖掉，请你到市场绕着这马看一圈，临走时再回头看看它，我情愿给你一天的报酬。"

　　伯乐接受了他的请求，来到市场当着众人的面，绕着那匹骏马看了一圈，临走还回头望了它几眼。没想到只过了一会儿，许多人便争着买这匹马，而马的价格也涨了十倍。

——选译自《战国策·燕策二》

寓言启示

　　名家对人才的引荐和评价具有重要的作用。也讽刺了许多人无识别能力，而唯权威是从的社会现象。

鹬蚌相争

一只河蚌正探出头来晒太阳，没防备到一只觅食的鹬鸟啄住了它的肉，河蚌迅速合起双壳，死死夹住了鹬鸟的长嘴。

鹬鸟威胁河蚌说："今日不下雨，明日不下雨，要你河蚌死！"

河蚌也毫不示弱地警告："今天不放你，明天不放你，要你鹬鸟死！"

它们两个都不肯放松。这时，路过的一个渔夫看见了，轻易地将它俩一同捉住。

——选译自《战国策·燕策二》

寓言启示

双方争斗，如能互相退让一步，则能保全自己；如互不相让，只会两败俱伤，使第三者获利。

凤 凰 与 麻 雀

梧桐上有一只凤凰正准备起飞的时候，一只麻雀飞到它旁边的竹篱上。

凤凰刚展翅的时候，轻舒羽翼，速度不快，扑扇一下翅膀只飞出十多步的距离。麻雀一见，叽叽喳喳地嘲笑着说："凤凰原来不过如此，我要是一展翅，'呼'的一声就飞出老远。"

凤凰没有理睬它，平静地扇动翅膀，越飞越快，越飞越高，一直向着太阳飞去，很快便消失在五彩云霞里。

这时，竹篱上的麻雀不再叽叽喳喳了，它心里感到十分惭愧，知道自己根本不能与凤凰相比。

——选译自《韩诗外传》

寓言启示

讽刺了"麻雀"这类目光短浅、自以为是的平庸之辈。

恐 死 忘 生

楚国有个人乘船沿江而下。船行不久，狂风大作，江面上顿时波涛翻滚。船在波谷浪峰上时起时落，左右颠簸。艄公告诉乘船的人们："大家不要惊慌，大风一过就安全了。"所以，大家都镇定地坐在船舱里，唯独那位楚人怕船被浪涛吞没，大叫着："我要死了！"随即冲出船舱跳进了波涛，顷刻之间便没了人影。

艄公感慨地说："这人贪生却太怕死，以至怕死怕得忘记了他还可以活着。"

——选译自《淮南子·氾论》

寓 言 启 示

讽刺那些把生死看得过重，遇到危难惊慌失措的人。从反面告诫人们：只有正确对待生死，遇到危难镇定自若、奋力自救才能渡过难关。

一 洞 之 网

有一个人织了一张网去捕鸟。张好网不久，一只鸟便撞进了一个网洞。这人在取鸟时说："原来捕到鸟只需要一个网洞，我织那么多网洞真是没有用。"后来织网时，他就只织了一个网洞。可他从此再也没有捕到过鸟了。

——选译自《淮南子·说山》

寓言启示

  局部与全局之间是一种互相作用的依存关系，离开了整体，局部就难以存在并发挥不了作用。

塞翁失马

　　边塞上住着一位老翁和他的儿子。有一天，塞翁家的马无故地跑到北方去了，邻居去安慰他，他却说："失马虽是祸事，也许很快就会变成好事呢！"果然，过了几个月，失去的马带着北方的骏马回来了。

　　邻居都来祝贺他，他却说："得到骏马虽是好事，也许很快就会变成祸事呢！"果然，由于家里有了骏马，他的儿子特别喜欢骑，一次骑马时不慎，摔下来折断了大腿。

　　邻居们又来安慰他，他说："折断腿虽是祸事，也许很快就会变成好事呢！"果然，过了一年，北方的胡人大举入侵边塞地区，身体健全的青壮年都拿起武器与敌人作战，牺牲的人达十之八九。而塞翁的儿子却因腿残而没参加战争，父子俩才得以保全。

　　　　　　　　　　　　　　　　　——选译自《淮南子·人间》

寓 言 启 示

　　祸与福、好事与坏事，在一定的条件下是相互转化的，不必为一时的得失而忧喜。

未尝知音

邯郸有个乐师谱写了一首新曲，托名为著名乐曲家李奇所作。这首新曲一传到社会上，许多人都争先恐后地学唱，并以会唱这首歌自豪。

过了一段时间，人们听说那首新曲并非李奇所作，便认为没有名气，都不再唱它。

李奇知道这事后，很遗憾地说："这首曲子比我谱写的还好，可惜人们不是真正懂得它啊！"

——选译自《淮南子·修务》

寓言启示

讽刺迷信名人、人云亦云、随波逐流的社会风气。告诫人们：要知道事物的好歹，是否有价值，就要根据其自身的质地去独立思考，客观评判。

猫头鹰东迁

有一天，斑鸠见猫头鹰准备离巢，就问猫头鹰："你要飞到哪里去？"

猫头鹰回答说："我打算飞到遥远的东边去。"

斑鸠惊讶地问："为什么？"

猫头鹰沮丧地说："这里的人都讨厌我，说我的啼叫声太难听，所以我要到东边去。"

斑鸠听后说："你要是能下决心改变你那难听的叫声，留下来或是到东边去都是可以的。但你要是不能改变你那令人讨厌的叫声，到了东边，那里的人也同样是不欢迎你的。"

——选译自《说苑·谈丛》

🔵寓🔵言🔵启🔵示

一个人如果有错误又想取得人们的谅解，只有及时改正错误。如果以改换环境的办法来迁就错误，就永远得不到人们的谅解。

惠 子 渡 河

　　魏国的国相死了，惠子应魏王之召急忙赶往魏国都城大梁。途中渡河时，惠子一慌神落入了水中。艄公将他救上船后问："你为什么显得那么慌张？"

　　惠子回答说："魏国无相，我急着前去任相。"

　　艄公一听嘲笑地说："你乘船落水都不能自救，没有我，你已被淹死了，你有什么本事可以任国相？"

　　惠子说："你长期在船上，论划船游泳的功夫，我不能与你比；论安邦治国的谋略，你则不能与我比，你说对吗？"

——选译自《说苑·杂言》

寓言启示

　　不要持己之长，笑人之短。人各有所能，也各有所不能，不能以己之能而否定他人之能。

黄口尽得

一天，孔子带着弟子来到野外，碰见一位用网捕鸟的人。他见捕鸟人捉到的都是还长着黄色小口的幼鸟，便好奇地问："你为什么捕的都是幼鸟，而没有大鸟？"

捕鸟者回答说："幼鸟跟着大鸟飞是捕不到的，因为大鸟有避开猎网的经验；大鸟跟着幼鸟飞就容易捕到，因为幼鸟乱飞乱撞，见网也不知逃避。"

孔子听后对身边的弟子说："君子要慎重地选择自己跟随的人，如果得不到贤人，则会像幼鸟一样，落入网里。"

——选译自《说苑·敬慎》

寓言启示

　　学习或从业，都必须择善者而从。否则，不但没有收获，反而遭受损失。

羊质虎皮

有一只羊怕豺狼伤害，找来一张虎皮披在身上。一些豺狼远远地望着它，都不敢靠近。

这只羊虽然披着虎皮，但喜欢吃的还是青草。这天，它正津津有味地在山坡上啃青草，一只豺站在远处看见了它。豺心里怀疑："虎是食肉的，怎么会吃起草了呢？"它慢慢地靠近了羊。

羊抬头发现了豺，吓得浑身颤抖。尽管这样，豺还是不敢太靠近羊，因为它的外形是一只虎。而羊却忘记了自己身上披着虎皮，站在原地一动也不敢动。

——选译自《法言·吾子》

寓 言 启 示

事物的本质不会因虚假的外在形式而改变，有其名而无其实的人是经不起考验的。也说明那些没有本事而装腔作势、借以吓人的人，一旦遇到真正的强者，就会原形毕露。

曲 突 徙 薪

有一位客人到主人家做客，见主人家炉灶烟囱砌得太直，旁边又堆着不少柴草，便劝告主人说："这太危险了，应把烟囱改成弯曲的，把柴草搬到安全的地方，不然，有可能引起火灾。"主人听了默不作声。

不久，主人家果然因烟囱溅火星失火了，幸亏周围的邻居赶来奋力抢救，才扑灭了大火。主人为了酬谢大家，杀牛备酒。酒席上，主人请那些救火时被烧得焦头烂额的人坐上座，其余的人按出力大小安排了座次，而那个劝告主人改烟囱搬柴草的人却没有受到邀请。

开席前，有位邻居对主人说："假若当初你听了那位客人的话，就不会遭此火灾，也用不着破费办酒席酬谢大家了。现在，你论功请赏，那些被烧得焦头烂额的人都应该坐上座，那位劝你防火的客人难道不也该请来坐上座吗？"

主人听了此话方才醒悟，赶忙去恭请了那位客人。

——选译自《汉书·霍光传》

寓言启示

防患于未然比灾难发生后的抢救更为重要。同时也讽刺了重视救灾、轻视预防的愚蠢行为。

对 牛 弹 琴

公明仪见一头牛安静地在那里吃草，便在它跟前架上琴，为它弹了黄帝时代的《清角》这首名曲。他弹得十分投入，沉浸在乐曲优美的旋律之中，而那头牛却像什么也没听见似的，一个劲地吃它的草。

公明仪以为那牛耳聋，谁知远处的小牛轻声地一呼唤，那牛立即摆动耳朵，摇着尾巴，高兴地快步向小牛走去。

——选译自《牟子》

寓言启示

说话要看对象。与没有共同语言和情趣的人谈话是没有作用的。

鲍鱼成神

汝南鲖阳县境内，有一个人在田里捉到一只大獐子，因为独自带不回家，就用绳子拴住暂时放在农田旁的沼泽地里。他刚离开，一个商人赶车路过这里，见那只被拴着的獐子无人过问，便拖上车带走了。临走时，商人觉得轻易地捡了一只獐子，心里过意不去，就在原处放了一条鲍鱼（盐腌鱼）。

过了一会儿，捉獐子的人返回，见拴着的獐子不见了，却有一条鲍鱼躺在原处。他想："这沼泽地带，不是行人大道，哪会有什么人来换走獐子呢，一定是神在显灵！"他把这事告诉了左右邻居，邻居又转告了别人，一下子就流传得很远。

许多人不辞路遥辛劳，专程到鲍鱼处祈求治病降福。人们还盖起了祀庙，把鲍鱼尊为鲍君神供奉起来。庙里的巫婆多达几十个，每天撞钟击鼓，大做法事。方圆数百里内，人们都来祭祀祈祷，庙里的香火十分旺盛，鲍君神威名大振。

几年后，放鲍鱼的那个商人又经过这里。当他了解到建庙的原因后，忍不住哈哈大笑，对那些烧香磕头的人说："'鲍君神'就是我放的一条鲍鱼，哪是什么神呢？"说着就从神龛上取下了那条一触就成粉末的鲍鱼。

鲍鱼的事揭穿了，这座庙也很快破败了，再也没有人前去供奉香火。

——选译自《风俗通义·怪神》

神是不存在的。平凡事物因偶然的人为因素而"离奇""少见"，再加上在人们的好奇和广泛的流传中不断美化，就会"哄抬"起来而显得"神圣"了。

东食西宿

　　齐国有个姑娘，两家人同时来向她求婚。东家的儿子虽然长得很丑，但家中很富。西家的儿子虽然长得英俊，但家中却很穷。

　　姑娘的父母犹豫不决，不知道接受谁家的求婚，他们只好让女儿自己决定嫁给谁。他们对女儿说："你如果不好意思明确地说嫁给哪一家人，那就裸露你的胳膊，露哪只胳膊，就表示愿意嫁哪一家，这样我们就知道了。"

　　没想到，姑娘却把两只胳膊都裸露出来了。她的父母感到很奇怪，问是什么意思。姑娘说："我愿意在东家吃饭，在西家住宿。"

——选译自《风俗通义·阴教》

寓言启示

　　讽刺了那些贪得无厌，不顾原则，什么好处都想占的人。

执 竿 入 城

鲁国有个人，拿着一根长竹竿来到城门口。他先将竹竿竖拿着，进不了城门；然后又将竹竿横拿着，也进不了城门，急得他无可奈何地待在城门口。

不一会儿，一位老汉经过这里。他知道拿竹竿的人进不了城门，便说："我虽然不是圣人，但也见多识广。拿长竿进城门有何难，把长竿从中截为两截不就可以入城了吗？"

拿长竿的人以为老汉的话有道理，便将竹竿从中砍断了。

——选译自《笑林》

寓言启示

讽刺那些自作聪明、好为人师的人和遇事不动脑筋、盲目听从他人意见的人。

食笋煮席

有个陕北人一生从没有见过竹。一次，他到了江南一带，这里盛产竹，当地人用竹笋宴款待陕北人。陕北人问桌上的菜是什么做的，当地人告诉他："是竹子。"

陕北人回到家中，便揭下床上的竹席，割成小块后放进锅里。可他怎么煮也煮不烂，更不要说有什么鲜味，他气呼呼地对妻子说："江南人太诡诈了，竟这样欺负我！"

——选译自《笑林》

寓言启示

认识问题不能一知半解，也不能机械地推理和生搬硬套，否则就会片面地看待问题和做出蠢事。

一 叶 自 障

有个楚国人过着穷困的生活，他成天想着法子希望能发大财。

他从《淮南子》这本书中看到："得到螳螂捕蝉时遮蔽它自己的树叶，可以用来隐形。"他信以为真，立即去寻找。没想到他在一棵树上还真的发现了一片遮着螳螂的叶子，他激动地用手摘了下来。不料手一抖，那片树叶滑到地上和许多落叶混在了一起。他看了好一阵，根本无法辨认，只好将落叶全部扫在一起，足足装了几斗带回家去。

在家里，他拿起一片片叶子轮番地遮住自己的眼睛，问妻子说："你还能看见我吗？"开始那一阵，妻子一直回答说："看得见。"折腾一整天后，妻子实在厌倦得不堪忍受，只好哄他说："看不见了。"

这人一听心中大喜，带着那片让人"看不见"的叶子跑到街上。他举着树叶，如入无人之境，当着众人的面去拿别人的东西。周围的人将他当场抓住，扭送到了县衙。

——选译自《笑林》

讽刺那些穷而无志，利欲熏心，以自欺欺人的手段梦想发财的蠢人。

良 材 为 琴

江南一带木材紧张，而当地却有人用珍贵木料当柴烧。有一天，蔡邕到一户人家做客，主人正用桐木烧火做饭。蔡邕听到桐木在燃烧时爆裂的声响，说："这是一块很好的木料啊！快把它从灶里拿出来用水浇灭。"他向主人要走了这块外表已被烧焦的木料。

回到家里，蔡邕将烧焦的桐木削去乌黑的外表，焦木便露出质地坚硬细密、色如古铜的木质。他将加工后的桐木制成一张琴，弹奏起来音色绝美，让人听后久久陶醉。

——选译自《搜神记》

寓言启示

不了解良才的人就会浪费毁弃人才；善于识别良才的人就会发现爱护人才，并充分发挥人才的作用。

按 图 访 马

　　齐景公很喜欢马，命令画师画了一匹完美无缺的骏马，然后他派人按图去寻找这样的马。结果，被派到四面八方去的人，花了上百辆马车的价钱，用了一整年的工夫，也没有找到。

　　齐景公身边的臣子借此事对他说："喜欢贤人的君主，如果按古书上的标准去寻找贤人，即使找上一百年，也是找不到的。"

——选译自《符子》

寓 言 启 示

　　按照脱离实际的完美标准去挑选人才，是永远找不到人才的。

道 边 苦 李

　　王戎七岁的时候，经常与小伙伴一块儿玩。一年夏天，他和小伙伴见大路旁的一棵李子树上果实累累，压弯了枝头。小伙伴争先恐后地去攀树摘取，只有王戎站着不动。一个小伙伴问他为什么不去摘，他回答说："这棵李子树长在大路旁，果实那么多，而来来往往的人却没有谁去摘它，那它一定是棵苦李树。"

　　那些小伙伴摘下李子后一尝，都边吐边说："这李子太苦了！"

——选译自《世说新语·雅量》

🅦🅘🅖🅢 **寓言启示**

　　看待事物，只要能认真动脑筋，透过现象看本质，就能得到正确的结论。

贫人宿瓮

　　有一个穷人，用所有的家财只买回一只瓮。夜里，他睡在瓮中盘算："过段时间，这只瓮一定能卖不少钱，挣的利钱将是本钱的两倍。那时，我可以贩两只瓮。从两只瓮到四只，再得到两倍的利钱，这样两倍两倍地递增下去，利钱是无穷无尽的，我将成为世上最富有的人！"想到这里，他高兴得哈哈大笑，手舞足蹈，不知不觉地把瓮踏成了破瓦片。

——选译自《殷芸小说》

寓言启示

　　讽刺了那些财迷心窍、想入非非的愚人。告诫人们：靠痴心妄想发财是不现实的。

兄 弟 折 箭

　　吐谷浑国的国王阿豺有二十个儿子。他临终时，把儿子们召集在床前说："你们各自拿一支箭，折断扔在地上。"儿子们遵命做了。

　　接着，阿豺又对弟弟慕利延说："你也取一支箭，折断它。"慕利延取过一支箭轻松地折断了。阿豺又对他说："你取十九支箭，将它们并在一起，试试能否折断它们。"慕利延照着去试，怎么也折不断合在一起的十九支箭。

　　阿豺对弟弟及儿子们说："你们都亲自试过了，一支箭很容易折断，许多箭合在一起就很难折断了。要是你们能齐心合力，国家就可以稳固安全了。"他说完这些话，便安详地死去了。

——选译自《魏书·吐谷浑传》

寓 言 启 示

　　团结合作，齐心协力，就能产生牢不可破的力量。

贪 小 失 大

从前，蜀国的国君十分贪婪。秦惠王听说后，便想利用这一点去讨伐他。

蜀国山势高峻危险，深涧横布，没有任何可以进军的道路。秦惠王派人雕凿了一头石牛，在牛屁股下放置了许多金子，谎称是石牛屙出来的金粪。他送信给蜀国国君，表示愿意赠送这头石牛。

蜀国国君贪图这头石牛，迫不及待地派人去劈山填谷，架桥凿路，并派五位大力士前往秦国迎接石牛。当他们往蜀国搬运石牛时，秦军悄悄跟随其后，很快就攻占了蜀国，蜀国国君也在战乱中身亡了。

后来老百姓嘲笑说："灭国亡身，都为贪图小利啊！"

——选译自《刘子·贪爱》

寓言启示

贪图小便宜就会失去大利。在金钱利诱面前，一定要保持清醒的头脑，否则就会上当受骗，招灾引祸。

遭 见 贤 尊

有一只老虎，想到野外去觅食。它走到一处草丛前，见一头刺猬仰卧在草地上，以为是个肉块，便张口去衔。没想到刺猬猛然扑到它的鼻子上，用身上的尖刺狠狠地刺它。

老虎鼻子上扎上了刺猬，它心惊胆战地逃跑了，沿途不敢停下喘气。当它跑回山中时，已筋疲力尽，倒在地上呼呼地睡着了。刺猬这时才放开老虎的鼻子，悄悄地跑开了。

老虎一觉醒来，见鼻子上没有刺猬，心里顿时轻松下来。它走到一株橡树下，低头看见一个满是尖刺的橡实，提防地侧着身子说："早上我遇到你的父亲时多有得罪，现在遇到郎君不敢再得罪，只请让让道放我走。"

——选译自《启颜录》

⬤寓⬤言⬤启⬤示

　　对貌似危险的事物，如不保持清醒的头脑去认识，就容易被外表恐吓住而丧失应有的进攻能力。

猩猩好酒屐

　　山谷中居住着许多猩猩，它们常常几百只聚在一起活动。当地人知道它们喜欢喝酒和穿草鞋，便在它们出没的路边摆下许多酒和酒糟，还将许多草鞋用绳子连成一串放在那里。

　　猩猩发现了酒和草鞋，知道是当地人为捕捉它们故意安放的。它们对当地人大叫道："你们别想骗我们上当，我们不稀罕你们的酒和鞋！"叫完后它们就走了。但它们心里都惦念着酒和鞋，走了一会儿又返回来大叫。就这样它们往返了好几趟。

　　后来，它们实在忍不住了，便互相商议说："咱们先少尝点酒试试，但不能喝醉。"说着便争相喝起来，喝着喝着，一个个都喝醉了。乘着酒兴，它们各自又争着去穿草鞋。草鞋是用绳子连在一起的，结果猩猩一个都没有逃脱，全部被捉了。

——选译自《唐文粹》斐炎《猩猩铭》

寓言启示

　　讽刺那些知道正确的道理却不行动，行动起来时又不坚定，最后还是走向错误的人。告诫人们，利令智昏，只顾贪图眼前利益，则必然蹈入危机。

狮 王 齰 豺

　　狮子大王在深山里捕获到一只豺，它正要吃豺时，豺可怜地哀求道：“请大王开恩，如蒙大王饶命，我每月给大王送两头鹿。”狮子大王听了十分高兴。

　　豺信守了承诺，按时给狮子大王送去了鹿。可一年以后，森林里的鹿被捕杀尽了，豺无法再给狮子大王送鹿了。狮子大王将豺叫到跟前，严厉地说：“你杀害的鹿太多，罪恶深重，今天轮到你受罚了！”说着扑倒豺撕咬起来。

——选译自《朝野佥载》

寓 言 启 示

　　像狮子大王似的人物貌似公正，而实际上阴险凶残、贪得无厌。

愚 人 失 袋

从前，有一个愚人到京都去参加考选。走到热闹的地方，他的皮口袋被贼偷去了。愚人并不着急难过，他说："贼能偷走我的皮袋，但他永远得不到我皮袋里的东西。"

旁人听了此话，便问他是什么缘故。他说："瞧，钥匙还拴在我的腰带上，那贼用什么去打开皮袋呢？"说完，扬扬得意地走了。

——选译自《朝野佥载》

寓言启示

　　讽刺某些知小迷大、主次不分、头脑僵化而又自以为是的愚人。

国马与骏马

　　一天，国马与骏马在大道上并驾齐驱。骏马见国马稍微跑在前面，一时性起，便冲上去咬国马的脖子。国马被咬得鲜血直流，但还是神态自若地往前跑，好像不知道骏马在挑衅一样。

　　骏马回到家中，心里十分不安，不吃草，不喝水，浑身发抖，呆呆地站了两天。

　　国马得知骏马的情况后，主动来到它的身旁，不停地用鼻子亲抚它，还和它同槽吃草，不到一个时辰，骏马的病就好了。

　　　　　　　　　　　　——选译自《李文公集·国马说》

寓言启示

　　对人要宽容大度，不计较别人一时的过失；有了过失要及时改正，不然就会像害病一样难受。

谪 龙 勿 戏

有一天，泽州城郊的凉亭前突然出现了一位姑娘，她貌若红桃，体态轻盈，只是穿着粗布素衣，像个贫家女子。几个浪荡公子见了，嬉皮笑脸地上前调戏她。她愤怒地警告说："别乱来！我本是天龙，因出言冒犯玉皇，贬我变作民女下凡七日。若你们胆敢侮辱我，待我回天庭后一定严惩你们。"几个浪荡公子一听，哈哈大笑。他们哪里相信眼前这个弱女子就是天龙。仗着他们的父亲都是达官显贵，他们放肆地说着下流话，动手动脚地调戏那姑娘。

七天以后，几个浪荡公子又来到凉亭聚会。他们正准备饮酒作乐，忽见天空白光一闪。顿时，一条天龙腾云驾雾地来到凉亭前，它对几个浪荡公子怒目而视，"呼"地吐出一口气化作龙卷风。刹那间，那几个浪荡公子连同凉亭都被卷到了遥远的沼泽地中了。

——选译自《柳宗元集·谪龙说》

寓 言 启 示

乘人之危、仗势欺人的奸佞之辈，是没有好下场的。

112

楚 南 猎 者

楚南有个猎人,虽然本事不强并且胆小,但能用竹笛模仿各种野兽的叫声。

一天,他带着弓箭、火器上山打猎。来到猎区,他先学鹿鸣,欲诱来鹿群开火射猎。谁知貙听见鹿鸣,立即跑来捕食鹿。猎人一见,十分害怕,急忙又学虎啸吓貙,因为貙怕虎,吓得貙逃去,但却引来了虎。猎人更加害怕,又赶快学罴叫。因老虎怕罴,听到叫声掉头就跑,可罴听到同类的叫声急速赶来了。

罴一见猎人在树丛中浑身发抖,扑上前去揪住他的头发,将他按倒在地撕碎吃了。

——选译自《柳宗元集·罴说》

寓 言 启 示

讽刺某些既无胆量又无本事,靠装腔作势而遭悲惨下场的人。同时也告诫人们:对待互相之间有克制关系的人和事物,不要盲目轻易地去利用,否则容易使自己也受到克制。

蝜蝂负重

蝜蝂本身是一种小虫，却喜欢背负东西。它走路时，碰到能背的东西，都要抓起来背在背上。

它一边走，一边背东西，背的东西越来越重，到后来被压在地上不能动弹。有人见了可怜它，替它拿掉背负的东西；但当它重新开始走路时，却又像原来那样边走边拾东西背在背上。

蝜蝂还喜欢爬高，爬得筋疲力尽也要挣扎着往上爬。有一天，它身上负着重物还拼命地往岩石上爬，爬到中途，一闪身摔到地上跌死了。

——选译自《柳宗元集·蝜蝂传》

寓言启示

讽刺那些名利欲望很重，不择手段往上爬，贪得无厌，屡遭挫折而至死不悟的贪婪之徒。

114

不 舍 千 钱

永州人都善游泳。有一天，河水突然暴涨，五六个永州人共乘一条小船横渡湘江。渡到江心船破了，大家都跳进水里游泳渡江。

有个人费了很大的力气却游不远，前边的同伴回头说："往日你最善游泳，今天怎么落在后头了？"那人说："我腰里缠着一千钱，太重了，游不快。"同伴大声说："快扔掉它，不然有危险！"那人摇摇头不同意。

过了一会儿，那人更没力气了。已经上岸的伙伴大声喊叫着："性命都快没有了，留着钱还有什么用？"那人摇了摇头，手紧抓着钱袋沉入了江底。

——选译自《柳宗元集·哀溺文》

寓 言 启 示

讽刺那些舍命不舍财的愚蠢之辈。告诫人们：如果不顾一切追逐名利，到头来只会落得身败名裂。

临 江 之 鹿

在临江县这个地方，有个人在打猎时捉到了一只小驼鹿，便把它带回家里饲养起来。

主人养的一群狗见到小驼鹿就馋得直流口水，都围着小驼鹿扑来跳去。主人为了让狗善待小驼鹿，经常抱着小驼鹿到狗跟前，教训它们不能乱动，让狗和小驼鹿一起玩耍游戏。

日子久了，狗顺从主人的心愿，不再欺负小驼鹿。小驼鹿也渐渐长大，忘记了自己是一只驼鹿，它把狗当作自己的好朋友，毫无戒心地与它们亲热地嬉戏玩耍。

三年以后，小驼鹿走出了主人的家门。它在路上看见别人家的许多狗，以为它们也会像主人的狗那样对待它。谁知路上那些狗一见它就争先恐后地扑上来，很快地把它吃掉了。

小驼鹿至死都不明白那些狗为什么要吃掉它。

——选译自《柳宗元集·三戒》

寓言启示

忘记自己的本性和面临的危险，依靠别人的庇护来安然度日的人，一旦丧失庇护，就有可能遭到外来的伤害。

黔驴技穷

贵州没有驴子，有个好事者用船装了一头驴，把它运进贵州。运到贵州后没有什么用途，便把它放到了山脚下。一只老虎见到长得高大奇怪的驴子，以为是个神怪。它不敢靠近驴子，躲在树林中诚惶诚恐地窥视驴子的举动。

有一天，驴子长鸣了一声，老虎大惊失色，以为驴子要吃自己，慌忙逃得远远的。见没什么动静，老虎才又悄悄返回原处观察。它发现驴子除了安然地吃草和在地上悠闲地打滚外，没有什么奇异的能耐。驴子又长鸣时，老虎虽然还有些害怕，但并没有逃跑。以后再听到驴子大叫时，它感到除了声音洪亮以外，并没有威力。

老虎开始试探性地向驴子移动，它向前走几步又退几步，驴子并无什么反应，但老虎还是不敢贸然上前与驴子相斗。又观察了一会儿，老虎大着胆子走近驴子，驴子也并未发怒。这下老虎胆子更大了，用身子故意去冲撞驴子。驴子一怒，尥起蹄子去踢老虎。老虎机灵地一闪，便躲过了驴子的蹄子。

老虎心里暗喜："它的伎俩原来不过如此！"于是，老虎大吼一声，腾跃而起，凶猛地扑倒驴子，咬断它的喉咙，吃光了它的肉，心满意足地走了。

——选译自《柳宗元集·三戒》

寓言启示

那些貌似强大、没有真实本领而又喜欢显露自己的人，一旦被人识破本来面目，就有可能遇到不可抗拒的危害。

永 某 氏 之 鼠

　　永州有个人，做什么事都害怕时辰不好，禁忌得非常厉害。他出生的那年是子年，属鼠年，他视鼠为子神。为此，他特别敬畏老鼠，家里不许养猫和狗，并禁止僮仆打杀老鼠，甚至任随老鼠在大厅卧房、粮仓厨房上蹿下跳、左右横行。

　　他家的老鼠奔走相告，说主人如何放纵它们。于是，别处的老鼠全都跑到他家里来。所有的老鼠不仅吃得肥肥胖胖的，还放肆地乱咬东西。这人家里被老鼠咬得没有一件完整的器具，没有一件完好的衣服，没有一套完整的蚊帐和被褥，没有一双无洞的鞋。凡是吃的和喝的大都是老鼠吃剩下的。白天，老鼠在人前行动，夜里啃咬东西、追逐打架，吵闹的尖叫声千奇百怪，扰得人不能安睡。尽管如此，这家主人始终也不感到讨厌。

　　过了几年，这人搬往别的州郡居住。另一家人搬到他的房里住后，老鼠依旧那么猖狂无忌。新主人愤怒地说："这还了得，必须让这群见不得阳光的东西受到严惩！"于是他向人借了五六只大猫，关闭家里所有门窗。除了让猫昼夜捕鼠外，他还和家人用水猛灌鼠洞。为了防备老鼠漏逃，他还雇了不少人到处搜寻追捕。不几日，杀死的老鼠堆积如山，把它们扔到偏僻的山谷之中，臭味几个月后才散尽。

——选译自《柳宗元集·三戒》

寓言启示

　　姑息养奸，放纵坏人作恶，就会遗患无穷；对于为非作歹的坏人必须毫不留情，除恶务尽；而那些依仗别人保护的坏人，一旦失去靠山，就难逃被消灭的命运。

未 教 啮 箭

隋朝末年有个叫昝君谟的人，是举国闻名的神箭手。他的功夫已达到闭上眼睛也能射中目标的地步。说射眼睛就射中眼睛，说射嘴巴就射中嘴巴。

有个叫王灵智的人十分仰慕昝君谟，上门拜师学射。昝君谟教练严格，王灵智学射专心。三年后，王灵智自以为射得很准了，他想伺机把师傅射死，好独霸神箭手的美名。

有一天，昝君谟自己做靶，手持一把短刀，让王灵智把他当靶来射。王灵智以为射杀师傅的机会已到，便使尽全力拉弓射箭。谁知，他射出的一支支箭都被师傅用短刀截住，只有最后一支箭，师傅并不用刀截它，而是张口接住。师傅咬下箭头，笑着对王灵智说："别高兴得太早了，我还没教你这种'啮箭法'呢！"

——选译自《酉阳杂俎》续集

寓 言 启 示

不要盲目信任和培养小人，更不能将重要的本领传授给他们，否则就容易遭到小人的暗害。

驯 龙 与 野 龙

古时候有个豢龙氏，喜欢驯养龙。他为招来的龙专门修了房屋和池塘，准备了食物。在他的爱抚下，龙一天比一天驯服，过了一段时间就舍不得离开了。

一天，被驯服的龙见一条野龙从池塘前经过，亲热地招呼它说："快到我们这里来同住吧，这里舒服极了！你整天在天地间腾飞游荡，那多劳累啊！"

野龙昂起头，嗤笑驯龙说："老天给了我们威武的形体，头上长角，全身披鳞；给了我们雄奇的本事，能潜伏四海，飞行九天；给了我们广大的神通，能嘘气成云，乘风破浪；给了我们神圣的职责，呼风唤雨，抑制骄阳而润泽万物。我们可以放眼天地之外，腾越天涯海角，自由自在，极尽变化之妙，这难道不是天下最大的快乐吗？而你们虽然与我形体相同，却安心与水蛭、蚯蚓为伍，屈居在一洼死水之中苟且偷安。你们得到一点残汤剩饭和虚伪的爱抚，就变得如此驯服，贪图享受，总有一天会被人扼住喉咙，切成肉块。我正觉得你们很可怜，想援救你们逃出困境，你们却想诱惑我进入陷阱，看来你们的灾难是无法避免的了！"说完，威风凛凛地腾空而去。

果然，过了不长时间，驯龙便被豢龙氏剁成了肉酱，除了自己享用，还献了不少给夏王。

——选译自《甫里先生文集·招野龙对》

寓 言 启 示

　　依附于他人，失去自己的本性和追求去换取舒适和享乐，不仅会丧失自身的价值，而且终将会带来惨痛的悲剧。

枕獐而毙

有一个猎人，手持弓箭在芦苇荡里寻猎。寻游了半天，没有发现任何目标。突然，他看见前方芦花纷纷扬扬地飘飞。他想：这时没有刮风，芦花怎么会飞扬呢？他倾耳一听，附近的芦苇丛中有什么东西在嬉闹。

猎人走上前去一看，原来是一只老虎因为捕杀了一只獐子，高兴地在死獐子身旁欢腾扑闪，翻滚跳跃，它周围的芦苇被压倒了一大片，芦花还在飞扬。猎人趁老虎正在忘形地撒欢，一箭射去，射穿了老虎的胸膛。老虎炸雷般地吼叫了一声，便倒在地上枕着死獐子毙命。

——选译自《皮子文薮·悲挚兽》

讽刺那些一朝得意便忘乎所以，让轻狂的言行为自己招来祸害的人。告诫人们在得意或成功时，要谦虚谨慎、居安思危，以避免自己看不见的潜在伤害。

狗枷犊鼻

江夏王刘义恭，在位时酷爱古董文物，他经常向所有的朝廷官员索要。有位叫何勖的侍中，已经多次送过古董给他了，可他还仗势没完没了地强行索取。何勖心中十分生气，但也无可奈何。

一天，何勖在大路上行走，看见别人扔在垃圾堆上的一副狗枷和一件破围裙。他眉头一皱，即刻命令身边的随行人员捡起那两样东西。带回家后，他将两样东西装在古色古香的礼箱里，派人送给江夏王。

江夏王打开礼箱，见有一封信，拆开一看，上面写道："听说你还要古董，现特派人恭敬地送一副秦代李斯用过的狗枷，一件汉代司马相如穿过的围裙。"

江夏王大喜。

——选译自《谐噱录》

寓言启示

讽刺那些依仗权势敲诈勒索、贪得无厌但才识浅薄的封建官僚。

猫 头 鹰 示 忠

无能子寄住在一户姓景的人家里。一天晚上，姓景的主人见一只猫头鹰落在自家庭院的树上，便拿起弹弓准备射杀。无能子阻止并问主人说："你为什么要伤害它？"

主人说："猫头鹰是预示凶祸的鸟，人们都说它一叫就预示有祸事，所以要打死它！"

无能子说："这就是人们的不对了。猫头鹰提前预告，让人们做好消灾避祸的准备，这正是它对人们的忠心啊！难道你忍心杀死有忠心的益禽吗！"

于是，姓景的主人放下了弹弓。

——选译自《无能子》卷下

寓言启示

　　不要因为封建迷信或偏见而伤害无辜，更不要伤害善良忠诚的好人。

鸩蛇相遇

一天，鸩碰到了毒蛇，立即扑上去啄毒蛇。毒蛇闪在一旁厉声说："世上的人都认为你有毒，你的名声很丑恶。你的名声丑恶，是因为吃我的缘故。你不吃我就不会有毒，也就没有丑恶的名声了！"

鸩气愤地说："你专门毒害人类，我才要吃你。人们知道我能惩罚你，饲养我用来防备你咬人。人们还知道你的毒传染到我的羽毛中，所以又用我的羽毛浸酒去毒杀人。这好比人用兵器去杀人一样，是兵器有罪还是人有罪呢？我只不过蒙受了不好的名声罢了。但为了人类大多数好人的生命安全，我宁可背着丑恶的名声也要吃掉你！"

蛇还想申辩什么，但已被鸩迅猛地啄破了头。

——选译自《无能子》卷下

寓言启示

　　恶人作恶，不管怎样为自己辩护，总会受到严厉的惩处；而忍辱负重地去为人们办好事的人，理应受到人们的正确对待和尊重。

官治虎害

有个地方的农民正在举行传统的护秋仪式，他们为各种野兽准备了许多好吃的食品，希望它们吃了这些食品就不要糟蹋大片的庄稼。一位老农代表大家祷告说："老天爷，如果发生鼠害，我们就迎接猫惩治鼠；如果野猪来危害，我们就迎接老虎惩治野猪。"

一个年轻人听后说："如果老虎来危害，又该请谁来惩治呢？"

老农说："那就只有让官吏去惩治了！"

那个青年又问："如果官吏来抢夺我们的粮食，又请谁来保护呢？"

老农无话可答。

——选译自《唐文粹》卷四十

寓言启示

讽刺那些比田鼠、野猪、老虎更危害百姓的贪官污吏，揭露了封建社会"苛政猛于虎"的残酷现实。

老 虎 报 恩

一位老大娘在山路上行走，看见一只瘦弱的老虎躺在路旁呻吟。她大着胆子走上前，老虎举起前脚掌给她看，上面扎着一根粗长的尖刺，地上淌了不少鲜血。老大娘使出全身的力气为老虎拔出尖刺，并从衣服上撕下布条为它包扎好。老虎向老大娘点点头，一拐一跛地走了。

第二天，老大娘听见自家院墙外有谁在往里扔东西，她走出房门一看，地上堆着驼鹿、梅花鹿、狐狸、兔子等野兽。她惊奇地爬上墙头，发现她救过的老虎正转身离去。

以后几乎每天都是如此，老大娘家的院坝上被扔进了不少野兽。

一天，老太太听到院里又是"扑通"一声。她出门一看，竟是一个血肉模糊的死人，吓得她大叫起来。消息一传出去，老大娘很快被官府抓了起来，说她杀了人。她详尽地说明了事情的原委，官府才放了她。

回到家里，老大娘在墙头等着，那只老虎叼着东西来时，她说："山大王，感谢你一片好意啊，可你以后千万不要再扔死人进来呀！"

——选译自《唐语林》卷六

寓言启示

知恩必报，但报恩应以恩德之事相报；如果违反恩德的原则报恩，就会好心办坏事，不但报不了恩，反而会酿成恶果。

鱼 目 舍 利

泽州有个叫洪密的和尚，自称请来了佛祖的舍利珠，他建了舍利塔专门供奉，以吸引各地信徒前来烧香。

洪密未死，更没被火化，却说自己身上也出舍利珠，那些信徒竟也相信他的谎言。他每到一处，有钱人都争相迎请，特别是妇女更为虔诚，成排成队地依次叩拜。洪密坐过的地方，确实留下了一些闪着光亮的舍利珠子。

有一天，当洪密做完法事起身离开的时候，一个妇女悄悄从他坐的地方拾了一颗舍利，小心翼翼地捧着它准备回家敬供。她走在路上碰见了一个打鱼的熟人，那人问她说："你这么小心地捧着一颗干鱼眼珠干什么？"她仔细一看，哭笑不得地说："唉，我和那么多人都上当了。"

——选译自《北梦琐言》

寓言启示

　　要警惕那些利用权威名义和"鱼目混珠"手段来招摇撞骗的人，增强识别能力，谨防上当。

蜀 僧 打 庙

四川合州有一座壁山神庙，当地人祭祀时如不用牛，就会招致灾祸。人们都很担心，不断地杀牛祭祀，以后就没有牛耕田了，但是人们又很怕庙里那些神，不得不经常杀牛拜祭。

有个法名叫善晓的和尚，早年做过州县官吏，因看不惯官场黑暗，便削发当了和尚。他经常云游四方，参禅礼佛。一天，他从壁山神庙经过，见人们边抱怨边杀牛祭神，便指着那些泥塑的神像高声说："你们这些没心肝的泥胎怎么敢享用牛？牛是耕田地的，农民没有了牛连地都难以耕种，粮食没有收成，人都挨饿还能供奉你们吗？"说完，抢起斧头，一连砸碎了好几尊塑像。他正准备继续砸，庙里管香火的庙祝跪地请求说："这尊神从来不吃肉，就请手下留情吧！"善晓和尚见这尊泥塑口小且没有牙齿，便留下了它。

合州军民官吏听说此事，都担心善晓和尚要遭老天降临的大祸，谁知他安然无恙，继续云游四方。

——选译自《北梦琐言》

寓言启示

揭露没有"心肝"的封建统治者不顾劳动人民的死活，无情榨取他们的血汗成果。同时反映出只要坚持正义，并且敢于反抗，就会战胜邪恶，从而保护好自己。

雁 奴 受 屈

雁奴担负着雁群的警戒任务，通夜不睡。只要有危险的动静，它立即发出报警的鸣叫，群雁便急速起飞逃走。

猎人们知道雁群的习惯，便设下了圈套，引诱雁群。他们先在群雁经常歇宿的湖泽岸边布下大网，再在旁边挖好藏人的地洞。在天亮以前，他们点起火把伸出地洞外，雁奴发现火光，立即鸣叫报警，而猎人却迅速地将火把收回地洞熄灭。群雁惊醒，看看四周没有动静，便抱怨着雁奴又睡了。猎人就这样连续三次露出火光，又三次迅速熄灭，雁奴也三次报警惊醒群雁。但群雁见三次都没有动静，便认为雁奴谎报警情捉弄它们，一起将它狠啄了一顿，然后又睡去了。

过了一会儿，猎人们又亮出火光，雁奴害怕同伴啄它，便不敢再报警了。他们听到雁群没有什么声响，便张开预先准备的大网，一下将雁群捕捉了。雁奴逃脱了，在空中悲伤地鸣叫着。

——选译自《景文集·雁奴后说》

　　轻易地怀疑和打击忠于职守的战友，就会给敌人造成可乘之机。同时告诫人们：遇到新情况，不能只凭老经验判断，否则就会被假象迷惑，受骗上当。

声 出 何 处

甲问乙说："用铜铸成钟，用木头削成撞木，撞木撞钟就会发出洪亮的声音。你说声音发自木头呢，还是发自铜钟呢？"

乙说："用撞木敲打土墙，就发不出响声，敲打铜钟，就发出响声，这声音自然就是发自铜钟了。"

甲说："用撞木去撞堆积的铜钱，就发不出声音，能说声音是发自铜吗？"

乙说："堆积的铜钱是实心的物体，而铜钟中间是虚空的，这声音应该是发自虚空的器物之中。"

甲说："用木头或者泥巴做成钟，就不会发出声音，能说声音发自虚空的器物之中吗？"

甲、乙两人各执一端，互不相让，谁也说服不了对方。

——选译自《欧阳文忠公文集·钟莛说》

寓言启示

　　构成事物的因素是多方面的，探寻事物之间的关系和相互作用，不能只局限于某一种因素，既要从事物的综合因素，更要从事物的决定因素去看待，才能正确、全面地认识事物。

熟 能 生 巧

北京的陈康肃善于射箭，全国公认他的射技第一，为此他很骄傲自负。有一天，他在自家花园里射箭，一个卖油翁放下担子站在一旁观看。看到他射箭十有九中，卖油翁微笑地摇摇头。

陈康肃不高兴地问卖油翁说："你也懂射箭吗，难道我的射术还不精吗？"

卖油翁淡然地说："你的射术没有什么了不起，只不过手熟罢了。"

陈康肃恼羞成怒地说："你怎么敢蔑视我的射技？"

卖油翁谦恭地说："并非蔑视你，你看看我倒油的技巧，就明白这个道理了。"说完他取来一只葫芦放在地上，拿一个带孔的铜钱盖在葫芦嘴上，然后用勺子舀满油往小小的铜钱孔里倒，只见那油像一条听话的线从钱孔里流了下去，一点也没有沾在钱孔四边。

陈康肃在旁边看得目瞪口呆，卖油翁笑着说："这没有什么了不起，只是由于手熟而已。"

——选译自《欧阳文忠公文集·卖油翁》

在任何领域的学习中，只要肯下功夫，反复实践，熟悉和掌握其规律，就能获得高超的本领。

恐 钟 有 声

宋人陈述古出任浦城县令时，有人报案财物被盗。他命人捉来了一些盗窃嫌疑犯。

陈述古升堂审案时，对那些嫌疑犯说："堂下有一口从文庙抬来的古钟，能分辨强盗，极其灵验。现在我让它验证你们谁是强盗。记住：没偷东西的人摸这口钟，不会发出声响；偷了东西的人摸这口钟，就会立即发出声响。"陈述古先派人去堂下用帷帐把钟围起来，暗中在钟上涂抹了墨汁。然后，他令嫌疑犯一个个下堂去摸古钟。

嫌疑犯一个个先后去堂下摸钟，经检验，除一人手上无墨汁外，其他人手上都有。陈述古对手上无墨汁的嫌疑犯大喝一声："胆大的强盗，还不赶快从实招来！"那人立即磕头认罪。

——选译自《梦溪笔谈·权智》

寓言启示

这则寓言说明了一个做贼心虚的道理；而只要懂得这种心理并善用攻心战术，就能制服贼人。

失 一 牛 得 五 羊

有一个人为主人放牧一大群牛。一天，他在山野放牛，不知什么原因走失了一头牛。他担心回去让主人知道了受罚，正不知所措，突然发现五只无主的羊向牛群走去。

这人将牛群和五只羊赶回主人家里，只向主人说捡到了五只羊，而闭口不谈丢失了一头牛。主人听了十分高兴，便用好酒好肉奖赏了他。

——选译自《苏轼文集·上神宗皇帝书》

寓 言 启 示

讽刺那些刻意隐瞒大过失，喜欢张扬小成绩的厚颜无耻的邀功请赏者。

河豚怒腹

一天，河豚在河里畅游。它游到桥洞时，突然撞到了桥柱上。它不怪自己不留心，反而愤恨桥柱撞疼了自己。它气得张开两鳃，竖起全身的鳍，鼓胀了肚子，仰在水面上浮着不动。

这时，有一只老鹰飞来，看见浮着的河豚，突然猛冲下来，撕开它的肚子，把它吃了。

——选译自《苏轼文集·二鱼说》

寓言启示

遭受挫折后如不冷静地反省自己并吸取教训，反而肆意发泄愤怒，就会招致更大的祸患。

乌 贼 蔽 物

乌贼正在海面上吐沫玩，发现一群海鸥在岸边游戏。它怕海鸥窥见自己，就吐出体内的墨水把自己隐藏起来。

没想到，飞到乌贼上空的海鸥看见一团墨水反而起了疑心，断定其中一定有鱼。于是，海鸥扎入水中，将乌贼抓住了。

——选译自《苏轼文集·二鱼说》

寓 言 启 示

遇到危险时，如采用不当的方式保护自己，则易遭到伤害。

小 儿 不 畏 虎

　　四川忠县一带时有老虎出没。有一天，一位妇人带着两个小孩去江边洗衣。她让两个小孩在沙滩上玩耍，自己在临水处洗衣。

　　突然，一只老虎从山上奔跑下来，那妇人一见，吓得魂飞魄散，急忙跃入江水中躲避。而两个小孩见老虎来到跟前，不惊不恐神态自若地继续玩沙，老虎盯了他们好一会儿，并走上前用头碰了碰他们。它以为小孩会感到惧怕，谁知还不懂得怕的小孩没有理睬它。

　　老虎见此情况，反倒感叹地说："我要吃人，必先用虎威将人吓住；不怕我的人，我的虎威便不起作用了。"

——选译自《苏轼文集·书孟德传后》

🅦🅞🅝🅨🅞🅩🅢 寓言启示

　　软弱惊慌，易受强敌之害；无所畏惧，强敌则不敢轻施其威，致人受到伤害。

傍 人 门 户

一个富人家的院门上钉着画有门神的桃木板，门框上面挂着用艾草扎成的艾人。一天，不知它们谁先惹了谁，桃符与艾人争吵起来。

桃符仰起头骂艾人说："你只不过是一束轻贱的野草，为什么总是占据我头上的位置？"

艾人低头讥讽地说："你也只不过是画门神的桃木板，而且都已陈旧腐朽，怎么敢与我争地位的上下尊卑呢？"

门神在一旁听后，苦笑着说："你们现在都依附于别人的门户，还有什么脸争这无用的闲气啊！"

——选译自《苏轼文集·桃符艾人语》

寓 言 启 示

讽刺那些自己并无本事，同为仰仗别人的苟且之辈，彼此之间却还要争名夺利、追求虚荣的卑劣小人。

144

穷书生言志

有两个不得志的穷书生见面后，互相谈论自己的志向。

一个说："我这个人一辈子难以立业，不想别的，只想吃饱睡好就行了。如果将来得志，我一定要吃饱了便睡，睡足了便再吃饭。"

另一个却说："我与你的志向不一样，我一定要吃了又吃。不停地吃，哪里还有空闲时间去睡觉啊！"

他们的谈话被一个过路的乞丐听见了，乞丐激动地对他俩说："原来你们的心愿和我一样啊！"

——选译自《苏轼文集·二措大言志》

寓言启示

调侃那些胸无大志、不求建功立业只图享受的庸俗文人。

螺 蚌 相 语

螺和蚌在四面环水的小岛上相遇，它俩交谈起来。

蚌对螺说："你的形体，像鸾鸟一样秀丽，像白云一样孤高，看起来朴实温顺，举止斯文。"

螺听后得意地说："你说得很对，可是像玑珠这样的宝贝，老天为什么不给我而给你呢？"

蚌说："老天是把宝贝给予内里充实的人，而不是给予徒有外表的人。你的外表虽然很美，但内里却从头到尾都是曲里拐弯暗藏邪念的地方，这些地方能不玷污宝贝吗？"

螺一听，羞愧地捂着脸沉到了水中。

——选译自《苏轼文集·螺蚌相语》

寓言启示

    讽刺那些华而不实、心术不正的人；说明内心充实比外在华丽更为重要。

口 目 相 语

苏子得了红眼病，医生告诉他说不能吃鱼肉和猪肉。为了保护眼睛，他答应了医生的要求，但他的口却不肯。

口坚决反对说："我给你做口，它给你做眼，为什么待它好，待我不好？因为它得了毛病就不让我吃好东西，那不行！"

苏子听了口的话，感到很为难，不能作出决定。

口没听到苏子表明态度，又对眼说："将来我要是哑了，你看东西的时候，我不会禁止你！"

——选译自《苏轼文集·口目相语》

寓言启示

讽刺了那些只顾自己而不顾全局、不管他人需要的自私自利者。

浮 芥 之 蚁

　　一盆水倾倒在地上，有棵小芥草和爬在它上面的蚂蚁被水浮了起来。蚂蚁被这突如其来的灾祸吓昏了头，开始它感到自己好像猛然间被汪洋大海所包围，茫然不知所措地抱紧小芥草任水漂流。

　　过了一会儿，水慢慢干枯了，蚂蚁顺着小芥草赶忙爬到了干燥的高地。当它碰见同伴时，流着泪感慨地说："刚才遇到那场大祸，我以为此生再不能与你们见面了，谁知很短的时间，就把灾难挨过去了，眼前又出现了四通八达的道路。"

——选译自《苏轼文集·试笔自书》

寓言启示

　　浮芥之蚁尚能偷生，更何况落难的人呢？人在突如其来的灾难面前或逆境中，不能丧失生存的希望，应有倔强乐观的抗争态度，一旦挺过灾难和逆境，仍有可以追求的广阔前途。

以 鸭 为 鹰

从前，有一个人想买一只猎鹰去打猎。但他不认识猎鹰，买了一只鸭子就出发了。

来到原野上，正遇上一只兔子从草丛中蹿出来，他立即把鸭抛向空中，让它去捕捉野兔。那鸭不会飞，翅膀扑扇了两下便一头栽到地上。他赶上去提起鸭子又扔向空中，鸭子还是很快栽了下来。

他一连抛了三四次，鸭子被折腾得东偏西倒地走到他跟前说："我是鸭子，让人杀了吃肉才是我的本分，为什么要把我抛来扔去，让我吃分外的苦头呢？"

那个人一听，惊讶地说："我以为你是猎鹰，可以猎取兔子，谁知道你是一只鸭子呀！"

鸭子举起一只带蹼的脚掌给他看，笑着说："你看我这手脚，可以抓住兔子吗？"

——选译自《艾子杂说》

寓 言 启 示

讽刺用人不当的做法，主张知人善任、用其所长、避其所短。

有尾者斩

艾子乘船在海上航行，晚上停泊在一个海岛上。到了半夜，艾子听见水底下好像有人哭泣，又像有人说话，他便侧着耳仔细地听。

"昨天是龙王下了命令：'凡是水中有尾巴的动物都要杀掉。'我是龙，长着长长的尾巴，因为怕被杀掉，躲在这岩洞中哭，你们蛤蟆又没有尾巴，为什么也哭呢？"

"我们蛤蟆虽然现在没有尾巴，但是怕龙王追究到我们还是蝌蚪的时候啊！"

——选译自《艾子杂说》

寓言启示

鞭挞统治阶级横加罪名，肆意株连无辜，使百姓人人自危的暴政。

150

鬼 怕 恶 人

一天，艾子在旅途中经过一座庙。庙前有一条小水沟，他见过不去，便径直从庙里把木雕大王神像搬出来，横架在水沟上做桥，踏上去走到对岸。

这时，有一个人走到这里，见到大王神像用来做了桥，惊恐地叹息道："罪过啊罪过，对待神像竟这样轻狂亵渎！"他虔诚地将神像扶起来，用衣服小心翼翼地擦拭干净，把神像捧回庙堂上，然后毕恭毕敬地叩头跪拜，才心神不定地离开。

过了一会儿，艾子听庙里一个小鬼说："大王在这里是至高无上的神，当地老百姓莫不顶礼膜拜，那艾子竟敢侮辱大王，为什么不用灾祸惩罚他一下？"

大王心有余悸地说："我只敢惩罚搬我回来的那一类人，艾子既不信神又不怕神，我怎么敢去祸害于他呢？"

小鬼一听也胆怯地说："鬼神也怕恶人啊！"

——选译自《艾子杂说》

寓言启示

　　讽刺封建统治者欺善怕恶、欺软怕硬的本质；同时也说明不迷信"神鬼"，不惧怕"神鬼"，就不易受到愚弄和危害。

狗 自 得 意

艾子有一条猎狗，善于捕捉兔子。每次捕到兔子，艾子必将兔的心肝奖给猎狗吃。所以，每次猎获一只兔子，猎犬都扬扬得意地摇着尾巴等着艾子奖赏。

一天，艾子外出打猎不仅带了犬，还带了一只猎鹰。发现兔子时，艾子让鹰和犬都去追兔。兔子很狡猾，当鹰扑向它时，它迅速变换着逃跑的方向。正在这时，猎犬也扑向了兔子，不料兔逃掉了，猎鹰却被猎犬一口咬死了。

猎犬将猎鹰叼到艾子跟前放下，艾子愤恨不已，而猎犬却还像往常一样摇着尾巴，沾沾自喜地等着艾子给它奖赏。

艾子盯着猎犬痛骂道："你这该罚的蠢狗，还在这里自以为是、扬扬得意哩！"

——选译自《艾子杂说》

寓 言 启 示

讽刺那些办了错事反而自以为是、扬扬得意、邀功请赏的人。

食 肉 之 智

艾子的几个邻居，都是有权有势的达官显贵。有一天，他们凑在一起边饮酒边议论。

一位朝廷官员说："为什么我总感到缺乏智慧呢？"

一位京城官员说："我也感到自己常干些蠢事，不知用什么办法可以充满智慧。"

一位富翁接话说："我认为多吃肉可以充满智慧。过去没肉吃的时候，我挣不到钱；肉吃得少的时候，我挣的钱也少；现在我肉吃得多，就发了大财。发财和你们升官一样，是需要智慧的呀，不多吃肉能行吗？"

前面两位官员听了点头称是，他俩和富翁都一致认为平时吃的肉还远远不够，今后必须多多地吃肉。

过了一段时间，他们又凑在一起饮酒议论。朝廷官员说："多吃肉真见效，这段时间我感到聪明了许多！碰见什么事都有智慧，不仅有智慧，而且还能说清每件事的道理。"

京城官员得意地说："我观察到人的脚背向前长着很方便，走路平稳而且安全，如果向后长着就不稳当，还容易被后面的人踩着。"

京城的官员说："我也发现人的鼻孔向下长着很方便，如果向上长着，天一落雨就会灌注进去，那岂不糟了！"

富翁拍着手说："怎么样，我说多吃肉就能增加智慧，二位不是很见效了吗？"

——选译自《艾子杂说》

寓言启示

　　讽刺封建统治阶级中的那些"酒囊饭袋"，他们自以为很聪明，其实愚昧至极。

宝 钟 被 凿

　　齐国有两位老臣，都是历经数朝的元老和有威名的博学之士。朝廷非常器重依赖他俩，让他俩分别任了宰相、亚相，凡是国家的重要事务，都要他俩参与。

　　一天，齐国国王下令迁移京都。有一口重五千斤的宝钟，需要五百壮丁才能安全地搬动。当时朝廷难以召集这么多壮丁，便去找宰相想办法。宰相无计可施，就去找亚相商量，亚相半天说不出一句话来。

　　宰相傲慢地对侍从说："唉，像这种困难的事亚相是无法办的，只有靠我来解决了。"他下令对负责搬迁的官员说："这口宝钟的重量，需要五百人才扛得动。现在把这钟凿割成五百片，叫一个壮丁五百天就可扛完。这方法多好，减少了那么多的人！"

　　艾子知道此事后，说："宰相的策划确实与众不同，真不愧是国家的元老大臣。但是等到把碎钟片搬运完，且不谈花去太长的时间，就算马上搬运完，也不能再还原成宝钟了。"

——选译自《艾子杂说》

寓言启示

　　讽刺封建统治阶级中那些窃据国家要位、老朽无能而又自命不凡、胡乱指挥的官僚。

蒙冤之牛

一天，一位农夫顶着太阳在山上耕田。到了下午，他疲倦得躺在地上枕着犁睡着了。这时，躲在树林里窥视已久的一只老虎跑到农夫身边，想扑上去把他吃了。农夫的牛一见，奋不顾身地用角抵挡老虎。老虎没法吃到农夫，只好悻悻地溜走了。农夫睡得死死的，一点儿也不知道。

老虎已经走远了，牛仍然在主人的身边护卫着。农夫一觉醒来，见牛站在自己身边，做出一副想打架的凶样，他感到很讨厌，从地上爬起来便用鞭子抽打牛。牛拔腿就跑，农夫心里更加生气，他追了好一阵才将牛捉住。

回到家里，农夫一怒之下将牛杀了。他吃着牛肉的时候，一点不知道自己差点成了老虎嘴里的肉。

——选译自《陶朱新录》

🅐🅘🅨🅐🅝 🅠🅘 🅢🅗🅘

> 冤屈有功的忠勇之士是极端错误的；善恶不分、颠倒是非会害人误己。

158

供 御 之 药

　　有个在大街上开店专售治脚茧药的人，在他的店门上高挂一块大匾，上面书着"宫廷御用"。过往的人见了，都很好奇。有脚茧的人不惜药价昂贵也要来此买药，并以此为荣；没有脚茧的人也不惜花费时间，到店里看看御用的茧药，想沾点宫廷之气。知晓药店内情的人讥笑店主糊弄世人，店主说："世人羡慕皇帝生活，我要卖药，不照顾他们的心理能行吗？"

　　后来，药店的事被皇帝知道了，派人将店主召入皇宫问罪。皇帝问他为什么要假借"宫廷御用"的招牌，店主装作傻乎乎地说："我崇敬皇帝，想让世人随时随地都记住皇帝住的地方，所以我就在匾额上写上了'宫廷御用'四字。"皇帝听他这么一说，便没有治他的罪，临放他时说："我相信你不敢再用'宫廷御用'的招牌了。"

　　店主被赶出皇宫回到药店，他取下"宫廷御用"的匾额，立即又换上了更大的匾额，上面写着金光闪闪的大字："皇帝信得过药店"。

——选译自《桯史》

寓言启示

　　讽刺那些用虚假大招牌招摇撞骗的人厚颜无耻，本性难移，一旦被人识破骗局不但不悔改，反而变本加厉的卑劣行径，告诫人们要特别警惕这类骗子。

鳖渡筷桥

　　有个人捉到一只鳖，想把它烹熟吃掉，但又不愿承担杀生的罪名。他想了一会儿，想出了一个妙法。

　　这人用烈火把锅里的水烧得滚开，在锅上横着放了一根长竹筷作为桥，他对鳖说："我不忍心杀你，你能从这桥上爬过去，我便放你一条生路。"

　　鳖知道那人是换着方式想杀自己，便竭尽全力，小心翼翼，十分艰难地爬过了筷桥。

　　那人一计不成，又生二计，满脸堆笑地说："看到你能爬过这道桥，我更不忍心杀你了。不过，请你再爬一次，我还想看看你的精彩表演啊！"

——选译自《桯史》

寓言启示

　　讽刺那些假仁假义，想做坏事又怕担当罪名的伪君子。

马嘉鱼触网

海里有一种名叫马嘉的鱼，长着银色的皮肤、灵活的燕尾。这种鱼平时深潜海底，渔民无法捕到。

到了春夏之交，马嘉鱼为了繁殖小鱼，便浮游到海的浅层。这时渔民在两舟之间布下有孔眼的竹帘。竹帘很宽，由两舟引张着，帘下系着铁砣，将帘沉没水中。

马嘉鱼触到了竹帘，它本可反身逃走，可它却偏要使劲往帘洞里钻，越往里钻，身子越被套得紧，越钻越怒，最后张颊列鳍，被帘洞牢牢卡住。

当马嘉鱼被捕到船上后，它才伤心地感叹说："知进而不知退，悲哀啊！要不了多久，就要成为盐腌的肉酱了。"

——选译自《齐东野语》

寓言启示

要避免突然的伤害和暂时克服不了的阻力，就要能进能退；如果不自量力，硬着头皮莽撞行事，则难避灾难。

义 鹊 救 孤

在大慈山向阳的坡上，有一棵又粗又大的树。树上有两只喜鹊，各自筑巢生了小喜鹊。

有一天，一只母喜鹊不幸被老鹰抓去吃掉了。两只小喜鹊失去了母亲，非常悲哀地"啁啁"鸣叫。另一只母喜鹊正在喂养自己的喜鹊，听到它俩的悲叫声，便飞过去看望。见它俩孤苦伶仃地缩在巢里发抖，立即把它们一只一只地衔到自己的巢里，就像对待自己的孩子一样细心地喂养。

住在大树下窝棚中的一个孤儿见此情景，伤感地说："喜鹊没有人性，却这样讲义气。我是个孤儿，却没失去母亲的小喜鹊那么幸运。"

——选译自《田间书·杂言》

寓言启示

赞美仁慈无私的善举；谴责某些丧失人性、不仁不义的人。

口 鼻 眼 眉 争 位

人脸上的嘴巴、鼻子、眼睛、眉毛，都是有神灵的。

一天，口对鼻子说："你有什么本事，位置竟然在我的上方？"

鼻子理所当然地说："我能辨别香臭，然后你才可以吃喝，所以我应该在你的上方。"

鼻子对眼睛说："你有什么本领，凭啥该处在我的上方呢？"

眼睛毫不客气地说："我能观察美丑，看清东西，辨别方向，功劳这样大，难道不该居于你的上方？"

眼睛对眉毛说："你有什么本事，居然处在我之上？"

眉毛不屑和眼睛争论谁的本事大小，只是说："我如果居于你的位置之下，岂不成了怪模怪样，不知整个脸面还要不要。"

——选译自《醉翁谈录》

寓 言 启 示

> 讽刺那些不顾大局需要，只考虑自己荣辱得失，为个人争名夺位的人。

秦 士 好 古

秦朝有个家庭富有的读书人，他痴迷地喜欢古董。尽管有的古董价格很高，他也乐意买下来。

一天，有人带上一卷又脏又破的席子，找上门对他说："当年鲁哀公命孔子坐席问政，这就是孔子坐过的那张席子呀！"这个读书人听了大喜，立即用靠近外城的田地跟来人换席。

过了几天，又有一个人拿着一根色泽古旧的拐杖来对他说："这是当年周太王躲避狄子进犯，离开邠地时拄过的拐杖，论时间，它比孔子坐过的那张席子还要早几百年，你给我什么价呢？"他十分激动，把所有的家资都给了卖拐杖的人。

又过了几天，有人拿着一只破陶碗来对他说："你买的席子和拐杖都不算古，这只碗是夏朝最后一个皇帝桀命人造来自己用的，比周朝又早多了！你说它该值多少财物？"读书人唯恐来人反悔不卖那只碗给他，爽快地空出自己的宅院与来人作了交换。

三件"古董"得到后，读书人的田地、房屋和资金一无所有了。他没有饭吃，没有衣穿，但酷爱古董的癖好丝毫未改，始终不忍心把三件"古董"拿去换回家财。后来无法生活下去了，他只好披着孔子坐过的破席子，拄着周太王用过的拐杖，端着夏王桀用过的破碗，沿街去乞讨。落到这种地步，他仍然不停地向人们哀求说："慈悲的衣食父母呀，谁有姜太公时的九府古钱，请赏给我一文吧。"

——选译自《事林广记》

寓言启示

讽刺那些盲目崇古循古、顽固守旧、不顾现实需要的迂腐文人。

越 人 与 狗

有个越人在路上遇到一条狗，这狗摇着尾巴，可怜兮兮地对他说："我善于捕猎，如果你收养了我，我捕到猎物与你平分。"他听后非常高兴，领着狗回到了家中。

越人待狗如宾，每天喂给它好饭好肉。狗得到这样的款待，开始还信守许诺，捕获到了猎物都要分一半给主人。过了一段时间，它就找借口多占一些猎物。日子稍长，这狗傲慢轻狂起来，每次捕到猎物，总是独自吃完为止。

有人讥笑狗的主人说："你以礼待它，它捕到猎物却独自吃光，你还养它干什么？"

越人一听，恍然大悟。他对狗不再忍让，每次狗猎到动物，他都要求分得一半。狗不能再独吞猎物，心里一直窝着火。一次，狗正打算把猎到的动物吃光时，被主人发现制止。它恼羞成怒，扑上去猛咬主人的脖子和双脚。

主人在咽气时悲哀地感叹："谁要把狗当作人养着，又要与它争食，一定会受到它的伤害啊！"

——选译自《伯牙琴·二戒》

167

寓言启示

恶人贪婪残忍的本性不会改变，若丧失警惕听信其花言巧语，必受其害。

楚人媚鬼

很长一段时间里，楚人对鬼崇拜过分，达到了献媚的地步。一个鬼降临楚地，对楚人说："天帝令我来治理你们这个地方，我既能为你们赐福也能降祸，就看你们怎样对待我了。"大家一起表示，一定唯命是从、毕恭毕敬。他们把鬼迎到庙里供奉，天天杀猪宰羊，跪着进献牲畜和钱币。

看到鬼的威力越来越大，庙里的香火越来越旺盛，许多势利的小市民和社会上的无赖之徒便纷纷依附鬼，就像小老婆和奴婢讨好主人一样。这样做还嫌不够，还带着他们的妻子和女儿也去向鬼献媚。由于鬼气的影响，他们的言语动作无不与鬼相像。于是，他们依鬼的气势，在老百姓面前为非作歹、横行霸道。谁要是不和他们一样去依附鬼，他们就要向鬼进谗言，让别人遭到灾祸。鬼和依附他的那些人一起作威作福，使楚地的老百姓陷入了深重的灾难之中。

天帝知道这些情况后，非常愤怒，立即来到楚地，对那些依附于鬼的人说："庙里的鬼是个欺压好人的妖怪，你们这些献媚的人却让他在这里享受供奉，还和他一起作威作福，你们的死期到了！"说着，挥手发出一串炸雷，庙宇和鬼被击得粉碎，那些依附鬼的人也被震死了。

从此，楚地的祸害被消除了。善良正直的老百姓说："那帮对鬼献媚的人以为鬼的气势可以永远倚仗，谁知鬼和他们都是短命的呢！"

——选译自《伯牙琴·二戒》

寓言启示

　　邪恶势力虽可以横行一时，但终会被正义的力量所战胜；依附恶人为非作歹的人，绝不会有好下场。

囫囵吞枣

一个傻小子听人说，"吃梨对牙齿有好处，但对胃却有损害；吃枣对脾脏有好处，但对牙齿有损伤"，于是，他动脑子想怎样吃梨和枣才好。

想了好多天，傻小子终于想出了一个办法。他说："我吃梨的时候只用牙齿嚼碎不咽下去，这样有益于牙而又不坏脾脏；吃枣的时候囫囵吞下去，这样有益于脾脏而不损伤牙，妙呀妙！"

傻小子将他的想法向熟人讲后，熟人笑他说："你的想法才真是囫囵吞枣啊！"

——选译自《湛渊静语》

寓言启示

讽刺那些对知识片面理解、机械运用的教条主义者。

得 过 且 过

五台山有一种鸟，名叫寒号虫。它长着四条腿，两只肉翅，但不能飞翔。

每年炎热的夏天，它的身上便长满了色彩鲜艳、花纹美丽的羽毛。每当这个季节，它便四处走动，不管碰到飞禽还是走兽，它都得意地对它们说："看到了吗，我比凤凰漂亮多了！"

可是，到了深冬严寒之际，它身上华丽的羽毛逐渐褪完，光秃秃的身子像初生的小鸟，那样子十分难看。它怕别的动物发现自己丑陋的模样，便躲在巢中不敢外出一步。它可怜地安慰自己说："得过且过吧。"

——选译自《南村辍耕录》

寓言启示

讽刺某些得意时骄傲自大、目空一切，失意时心灰意冷、得过且过的浮浅之辈。

狸狌怖鼠

卫国有位束公，养了一百多只狸狌。这些狸狌善于捕鼠，不仅捕光了束家的老鼠，连左邻右舍的老鼠也捕尽了。狸狌没有老鼠可吃，饿得大声嚎叫，束公不得不每天买肉给它们吃。狸狌生子生孙，那些子孙因为一生下来就吃肉，竟不知世上还有老鼠可以捕来吃。它们饿了就嗷嗷大叫，吃饱了就懒洋洋地睡觉。

束公的好友家里闹鼠灾，老鼠成群结队地在屋子里乱窜，一只老鼠掉到瓮里去了。好友急忙向束公借来一只狸狌捕鼠。这狸狌在瓮边见到瓮底的老鼠两只耳朵耸立，黑亮的眼珠直转，棕红色的硬毛竖着，还龇牙咧嘴地吱吱乱叫，以为是个什么厉害的怪物。它沿着瓮边打转，就是不敢跳下去捕捉。束公的好友一气恼将它推下了瓮，吓得它对着老鼠大叫。老鼠见狸狌如此怕它，反过来放肆地去咬狸狌。狸狌被咬得连蹦带跳，拼命从瓮里跳出来逃跑了。

——选译自《龙门子凝道记·中》

先辈有本事不等于后辈有本事；如果让后辈坐享其成、养尊处优，则会使后辈成为无用的庸人。

焚 鼠 毁 庐

有个单身汉，靠终年起早贪黑辛勤劳动，修建起了自己居住的茅庐，囤积了不少粮食。但无数的老鼠钻进他的屋里成天偷吃粮食并撕咬屋里的东西，使他非常恼火。

这天，他终于忍耐不住了。点起火把见到老鼠就追着用火去烧。几只老鼠被烧着了，带着身上的火苗蹿上茅草屋顶。顷刻间，整个茅庐燃起了熊熊大火。

老鼠被烧死了，茅庐也被烧毁了。他望着眼前的一片灰烬，后悔地说："太愤怒了，就只看见老鼠，而看不见房子。不该发生的灾祸啊！"

——选译自《龙门子凝道记·中》

寓言启示

人的心里积怨太多，怒火中烧，就容易感情冲动，不理智地处理问题，从而酿成灾祸；处理问题时要分清主次，不能因小事而坏了大事。

箭 匠 不 悟

有个造箭的工匠，所造的箭十分粗糙，不仅箭头不锋利、箭杆不端正，就连箭尾的翎羽也不整齐，他却自以为是天下造箭的高手。他的朋友吹捧说："你造的箭确实好啊！连秦汉时代那些造箭名匠也比不上你，你应该提高价钱出售才对。"

有一位擅长射箭的将军经过那箭匠的门前，取下陈列的箭一看，"呸"地吐了一口唾沫就扬长而去。箭匠不知将军为何这样蔑视他的箭，心里愤怒地说："别人都说我的箭好，这将军不识货，反而那样嫉妒我，真是刻薄啊！"

——选译自《龙门子凝道记·下》

寓 言 启 示

讽刺那些没有真本事却喜欢阿谀奉承，受到责难却不能省悟，反而怨恨别人的人。

乌鸦与蜀鸡

有一只四川的母鸡，带着它的一群小鸡在地里觅食。忽然，一只鹞鹰从上空飞来，母鸡急忙张开翅膀，迅速把小鸡遮护起来，鹞鹰抓不到小鸡，在空中盘旋了一会儿飞走了。

过了一会儿，飞来一只乌鸦。它落在地上与小鸡一起啄食，一点儿也没有要捉小鸡的举动。母鸡见它很温和，把它当作兄长，和它安然相处。谁知，乘母鸡离开小鸡远一点儿，乌鸦猛地叼起一只小鸡就蹿上了天空。

母鸡仰头望着远去的乌鸦，懊丧地说："怎么凶恶的鹞鹰叼不走小鸡，反倒让乌鸦叼走了小鸡呢？"

——选译自《燕书》

寓 言 启 示

人们往往只重视防范公开的敌人，而对伪装的敌人失去警惕，因此会受到意外的伤害。

恶 血 之 熊

一只熊天生厌恶血。一天，它在攀越一个陡峭的深谷时，被尖锐的枯树枝刺破了肋部，血像细线一样流出来。这对熊的生命本来并无威胁，可这熊却偏要用爪子去乱抓伤口，越抓血流得越多，它就越厌恶，更加不停地抓，把小伤口抓成了一个大洞，血像泉水一样涌出来。它见止不住血，便撕开伤口周围的皮肤，结果，血流得更猛了。

熊看见身上地上那么多血，厌恶得一边怒吼一边拼命地舔伤口，最后竟然把内脏都抓了出来，过了不多久便血尽而亡了。

——选译自《燕书》

寓言启示

处理事情，不要仅凭自己的好恶而意气用事，否则会因小失大，贻害自己。

猴 露 原 形

纪国国君喜欢猴子，他命一位驯猴师傅将一只猴子驯成人的模样。

驯猴师傅教那猴子做人的拜跪站坐、挥手迈脚等各种姿势。不长的时间，猴子便学得和人一模一样。驯猴师傅给它戴上帽子，穿上衣服和鞋子，献给了纪国国君。

纪国国君一见那猴的穿戴和举止，很难相信它是只猴子，他非常高兴，赏酒给猴喝。谁知猴子几杯酒下肚，竟全忘了平日师傅教的礼节，当着纪国国君的面撕破帽子和衣服，露出原形乱蹦乱跳地逃跑了。

纪国国君笑着说道："猴子毕竟是猴子，扮成人也改变不了它的本性。"

——选译自《燕书》

寓 言 启 示

不管多么善于用冠冕堂皇的伪装掩饰本来面目的人，只能暂时得意，由于他的本性难移，一遇到难以蒙混的环境，就会原形毕露。

王 须 沉 江

　　齐国有个人叫王须，经常出国做珠宝生意。有一天，他正在海上航行，突然，海上刮起了暴风，吹翻了他的船。他被海浪卷到一座没有人烟的孤岛岸边，卧在沙滩上奄奄一息。一只猩猩发现了他，将他背到自己住的山洞里，把他放在铺着厚厚羽毛和柔草的铺上，自己却挪到了旁边冰冷坚硬的岩石上去睡。它每天外出采撷萝卜、野果给王须吃，用手势伴着"咿咿哇哇"的叫声与他交流情况，还随时陪他到岛上海滩散步。就这样熬过了一年，猩猩任劳任怨地护理着王须的生活，一点儿也没有变心。

　　一天，突然来了一艘大船停靠在孤岛岸边。猩猩发现后，急忙从洞中把王须带到海边，小心地把他扶上了船。王须一上船，发现船主竟是他的朋友。他见猩猩在沙滩上还没有离去，便对朋友说："我听说猩猩的血可以染毛织品，经过一百年也不会褪色。这只猩猩很胖，杀了它可以得到一斗多血，可值钱呢，我们赶快去把它捉上船吧！"

　　朋友一听，愤怒地大骂："猩猩是一只野兽，却像个仁义的好人！你是个人，却是一只凶残无义的野兽。不杀你留着干什么！"说完便命船上的水手装了一大袋石头，拴在王须的脖子上，将他沉到海底去了。

——选译自《燕书》

寓言启示

　　见利忘义、恩将仇报、连禽兽都不如的人，是绝不会有好下场的。

入 仕 违 盟

玉戣生和三乌丛臣是同窗好友。他们在做官前，玉戣生对三乌丛臣说："我们将来做官应该凭德才，有骨气，不能走那些权贵的门子。"

三乌丛臣说："傍权贵是我最痛恨的事，我们志愿相同，为什么不一起立誓呢！"

玉戣生当即同意，二人歃血发誓说："我们二人同心同德，绝不贪图钱财，绝不被官位诱惑，绝不攀附权贵，绝不改变自己的德行。如果谁违背这一盟誓，圣明的神灵将把谁诛灭。"

过了不久，他二人都到晋国做了小官。开始他俩互相告诫不要忘了共同的誓言，都谨慎严明地为官。不到一年，三乌丛臣见赵宣子深得晋国国君宠信，并执掌朝中大权，许多大夫天天都到他家奔走，有的人很快就升迁了。他十分后悔自己以前的誓言，他怕玉戣生知道后蔑视自己，就悄悄地到赵宣子家走动。

一天凌晨，鸡刚刚打鸣，三乌丛臣便到赵宣子家门口恭候接见。他一转头，发现旁边房檐下端端正正地坐着一个身影很熟的人。他举起火把一照，原来玉戣生早就在这里等候了。两人一见面，都羞愧得无地自容。

——选译自《燕书》

寓言启示

讽刺那些贫贱时自命清高，入仕后言而无信、趋炎附势的伪君子。

揖 让 救 火

赵国人成阳堪的家失了火，火焰蹿上了一间偏房，他急忙叫儿子成阳肭到奔水氏家中去借梯子。

成阳肭整理好了衣帽，步子斯文地来到奔水氏家。见到奔水氏，他先作了三个揖，然后才跟着主人缓步进入厅堂。奔水氏叫家人设宴招待，主人敬酒后，成阳肭礼貌地站起来回敬。酒过三杯后，奔水氏客气地问他："贵公子屈驾光临寒舍，请问有什么吩咐？"

成阳肭这才告诉他说："老天降祸于我家，家中不幸起火，我来时火焰已蹿上房顶，想登上房顶灭火，双臂又没长着翅膀，一家人只好围着火势蔓延的房子大哭大叫。家父说你家有梯子，令我来借用，不知可否一用？"

奔水氏一听，跺着脚嚷着："你怎么这么迂腐呀？家里已经失火，还在这里作揖礼让！"他急命家人抬着梯子跟成阳肭一起跑回去救火。

等他们赶到失火地点，成阳肭的家已化为灰烬。

——选译自《燕书》

寓言启示

遇事不分缓急，拘泥于烦琐礼仪的迂腐人是会误大事的。

豹 不 猎 鼠

猗于皋用一双白玉璧从别人那里换回一只力大机敏的豹子，并让它住上专门修筑的舒适小房，每天供它吃鲜肉。

一天，一只大老鼠从堂前跑过，猗于皋急唤豹子去捉。老鼠从豹子跟前来回跑过，豹子就像没有看到一样，它自在地伸伸懒腰，昂头东张西望。猗于皋一见，气得用鞭子狠狠地揍了它一顿，并把它关进了废弃的羊圈。从此，每天用酒糟喂它。豹子沉默无言，暗自落泪。

猗于皋的朋友知道了这事，责备他说："捕鼠是豹子的事吗？你何不用猫捕鼠，让豹子去猎野兽呢？"猗于皋听从了朋友的意见。他买回一只猫捕鼠，放出豹子去捕猎。

不久，猗于皋家里的老鼠绝迹，库房里堆满了豹子猎回来的獐子、狍子、麂子等野兽。

——选译自《燕书》

寓 言 启 示

讽刺不用人所长而用其短的错误做法，主张用人所长、人尽其才。

185

古 琴 价 高

　　工之侨找到了一块非常好的梧桐木，用它精心地制作了一张琴。一拨琴弦，这琴便发出金玉相击的优美和谐之声。他认为这是天下最好的琴，拿去献给宫廷主管乐队的大臣。大臣一看，不屑地说："不是古琴，拿走吧！"

　　工之侨把琴带回家，心里十分气愤。他先找来漆工，在琴上涂抹了古色古香的漆，并刻上一些看似因年代久远而被风化的细裂纹。然后他又找来雕匠，在琴上雕刻了古人的题款。改造装饰后，他用匣子将琴装起来埋在土里。

　　一年以后，他把琴取了出来，又抱到宫廷去献给管乐队的大臣。大臣一见，激动得摇头晃脑，两手发抖，立即奖赏了一百两银子给工之侨。大臣召来宫中乐官，大家争相传看，众人都高声赞叹："真是世上稀有的珍宝啊！"

——选译自《郁离子》

　　既讽刺厚古薄今、复古倒退的社会风气，也讽刺只重形式、不顾实质的认识态度。告诫人们：要正确评价事物的作用和价值，重在把握它的实质。

梧 实 养 枭

楚国太子用梧桐籽喂养猫头鹰，希望它能发出凤凰的鸣叫。

春申君知道后，对太子说："猫头鹰与凤凰天生不同，凤凰吃了梧桐籽能啼叫出美丽悦耳的声音，猫头鹰吃了梧桐籽发出的声音照样难听，这是不可更改的。你为什么要这样做呢？"

太子说："你知道猫头鹰不能因为饲料好就会改变属性成为凤凰，但你的众多食客都是些狗偷鼠窃的无赖之徒，而你却宠爱他们，让他们吃山珍海味，穿绫罗绸缎，希望他们像义士一样报效你。依我看，你这样做与我用梧桐籽养猫头鹰的结果是一样的。"

春申君听了太子的话并没醒悟，他继续供养不少无赖食客。后来，他被门下的食客李圆刺杀了，而他门下众多的食客却没有一个去为他报仇。

——选译自《郁离子》

寓 言 启 示

把那些品质恶劣、行为不端的人作为培养对象，是不会有好结果的。

燕 王 好 乌

燕国国王非常宠爱乌鸦，宫廷里和都城内外的树上都被乌鸦筑满了巢，虽然它们成天哇哇乱叫，到处拉屎污染环境，但臣民没有谁敢指责和伤害它们的。

国王相信乌鸦能预知凶吉，掌握祸福，因此规定凡是国家要办什么事，都得由乌鸦的叫声来决定。乌鸦得到国王的纵容和保护，越来越自命不凡，在臣民头上随心所欲地飞来飞去。

到后来，从士大夫到普通老百姓都因为惧怕国王而无可奈何地侍奉着乌鸦。

——选译自《郁离子》

寓 言 启 示

讽刺了统治者宠信奸佞小人，使他们当道横行，导致正义不张，无辜的人们遭受欺辱的丑恶现实。

道 士 救 虎

有个道士在苍筤山上修了一座道观，他心地善良，成天诵经供神，十分虔诚。

一天，山洪暴发，山下的河水涨到寺庙的山门脚下。道士备了一条船，见到水中有人便前往搭救。他奋不顾身，不到半天救起的男女老幼便有几十人。

傍晚时分，他见一只老虎在水中沉浮，拼命挣扎。他急忙撑船将它救上了岸。老虎刚上岸还迷迷糊糊地坐着不动，待它稍一清醒便开始用舌头舔浑身的湿毛。不多久，它恢复了神志，只见它睁圆了眼睛，两只前爪往地上一按，便跃起来扑向了道士。道士侧身一闪，顺势用撑船的竹竿将老虎一扫，那老虎便又落进了滚滚的波涛之中。

道士对着在水中沉浮的老虎说："可以超度你生还，也可送你下地狱，这要看你是否改恶从善了。"

——选译自《郁离子》

寓言启示

　　可以给恶人弃恶从善的机会，但要随时提高警惕，以防恶人本性不改，伺机伤人。一旦恶人重新作恶，则应毫不手软地给予严惩。

岛 人 赠 蛇

南海岛上的人喜欢吃蛇。岛上的一个人晒了许多蛇当干粮，准备到中原地区去旅游。

他到了齐国，受到一个齐国人的热情接待，为了回报，他高兴地拿出一条有花纹的干毒蛇赠送主人。主人一见，吓得转身就跑。

他不明白主人跑的原因，以为自己送的礼物太轻，连忙吩咐仆人从口袋里找一条最大的干蛇，追上去送给主人。主人回头一见，跑得更快了。

——选译自《郁离子》

寓言启示

要尊重别人的习惯和要求，不能自己认为好的就强加于人。主观动机与客观需要不符合，就会事与愿违。

周 人 好 丽 衣

周朝有一个人，特别喜欢穿整洁美丽的衣服。稍不如意就忸忸怩怩不肯出门，一定要换上称心的衣服才愿外出。

一天，他要到一个地方去办事。他不知道衣袖上染了一个黑点，得意扬扬地快步走着。走到半路，他的朋友告诉他衣服上有一个黑点。他一看连声叹气，捏住袖子又抓又抠。弄了好一会儿，黑点虽然去掉了，但留了一小块淡淡的污痕。为此，他心烦意乱，走不了几步便往污痕处看上一眼，最后竟气恼得转身回家去了。

——选译自《郁离子》

寓 言 启 示

> 过分讲究外表、拘于形象，就会因小失大，导致精力分散，难以成行，最后办不成事情。

贾人覆舟

济阴有一个商人，渡河时翻了船，他挣扎着爬到一堆浮柴上，悲哀地大喊救命。

这时，他见不远处有个渔人划着船，急忙高喊："我是有钱的商人，你要是救了我，我一定给你一百两金子！"

渔人将船靠近浮柴，把商人救上了船。当船靠岸时，商人拿出十两黄金递给渔夫。渔夫问："你刚才不是说给百两黄金吗？"

商人勃然大怒，吼叫着说："什么？你想要一百两黄金？你是个渔夫，一年能挣几个钱？片刻工夫你就得了十两黄金，难道还不满足吗？"渔夫一听，不愿与他争执，默不作声地划船走了。

后来，那个商人乘船经过吕梁山龙门下的黄河时，船撞上礁石又翻了。凑巧，原先救他的那个渔夫的船正停在不远的岸边。有人问渔夫说："你为什么不去救他呢？"

渔夫冷漠地说："这是个说话不作数、知恩不报的奸商呀！"说完，站在岸上冷眼观看。

那个商人连同他行囊里的黄金，一同被翻滚的波涛吞没了。

——选译自《郁离子》

寓言启示

讽刺那些在困境中求人帮助，得势时翻脸不认人的无情之辈。告诫人们：言而无信、知恩不报的人是不会有好下场的。

狙公饿死

　　楚国有个靠养猴生活的人，人们都称他为狙公。每天早上，他把猴子召集到庭院里派活。他让老猴率领群猴到山里采撷各种野果，每晚回家时，必须将十分之一的果实交给他享用。如不交纳，猴子们便会被鞭子抽、棍棒打。它们都很害怕狙公，但没有谁敢反抗。

　　一天，有只小猴子问群猴说："父兄们，山上的果木是狙公栽的吗？"大家一起回答说："不是狙公栽的，是自然生长的！"小猴子又问："是不是只有狙公才可以采摘呢？"大家异口同声地说："不是的，谁都可以采摘！"小猴还没往下问，群猴已醒悟了。

　　当天晚上，猴子们等狙公熟睡后，一起砸破了关着它们的木笼，冲到狙公的库房，取尽了所有的食物，然后集体逃进山林，一去不复返了。

　　早上狙公醒来时，发现群猴已逃之夭夭，他捶胸顿足地哀号着："造反了！造反了！"

　　猴子们跑光了，靠猴子进贡食物的狙公很快就饿死了。

——选译自《郁离子》

　🄦 🄘 🄠 🄢

　　靠剥削欺压为生是不能持久的，也不会有好下场。

捕 鼠 及 鸡

有个赵国人家里深受老鼠的祸害，于是他到中山国的朋友家要回一只猫。这只猫既善捕鼠也喜欢捉鸡。

一个多月后，那位赵人家里的众多老鼠便被捕光了，但喂养的几只鸡也被捉净了。他的儿子担心有这只猫在家里就别想喂鸡，不高兴地说："为什么不把这只猫处理掉呢？"

父亲说："你懂什么，我家的祸害在于有老鼠，而不在于没有鸡。有老鼠，就会偷我们的食物，咬烂我们的衣物和家具，挖穿我们的墙壁，这样就会使我们挨饿受冻。没有鸡，只不过不吃鸡罢了，离挨饿受冻还远着呢。所以，我们不能把这只猫处理掉！"

——选译自《郁离子》

寓 言 启 示

任何事物都包含着利弊因素，做事应权衡得失，求大舍小，而不应因小失大。

虎 死 狈 来

冥山的北侧住着若石一家，有一只老虎经常在附近出没。为了防备虎患，若石与家人在住地四周修筑了高墙，设置了刺篱，挖掘了壕沟，并安放了捕虎的机关。有了这些设施，若石一家从没有受到过虎害。

几年过去了，那只老虎跌下悬崖摔死了。若石知道后很高兴，他以为老虎死了就再也没有什么野兽可以伤害自己一家了，于是，便撤去了捕捉老虎的机关。后来，围墙、刺篱和壕沟坏了，他也不修理。

有一天，一只饥饿的狈寻食来到若石家附近，它听见圈里有猪、羊的叫声，便越过倒塌的围墙，冲进圈里去扑食猪、羊。若石看见后，对狈大声呵斥，那狈不但没有逃跑，反而凶猛地扑向他，狠狠地把他咬死了。

——选译自《郁离子》

寓 言 启 示

大敌当前，人们能保持高度警惕，严阵以待；一旦危险过去，就易麻痹大意而遭敌人侵害。故要居安思危，常备不懈。

山猫夺鸡

郁离子居住在山中时，有一天夜里山猫捉走了他养的鸡，他和随从去追，却没有追上。

第二天，他让随从在鸡窝的位置安装了一个捕兽的木笼，里面放了一只做诱饵的鸡。夜里山猫又来偷鸡，一下被木笼的机关扣住了。它的身子被压在木笼里，仍在挥舞着爪子抓鸡。鸡头被它抓住衔在嘴里，它的爪子紧紧地扯住鸡脚，直到木笼的机关将它压断了气，也不肯丢开那只鸡。

郁离子见到木笼里的情况，叹着气说："那些死于争夺财物和名位的人，不正像这只山猫？！"

——选译自《郁离子》

寓言启示

讽刺那些利欲熏心、要名利不要命的人。

句 章 农 夫

句章这个地方有个农夫，一次他用草去遮蔽篱笆时，听见草堆中有"唧唧"的声音。拨开草一看，竟捉到一只野鸡。他把拨开的草又遮掩起来，希望草窝里再钻进去一只野鸡。

第二天，这农夫又到草堆旁边去听动静。那里面居然又有窸窸窣窣的响动。他认定里面必是一只野鸡，于是将手伸进了草窝。谁知里面是一团冷冰冰的东西，吓得他猛地抽出手来。可惜晚了，一条毒蛇死死地咬着他的手不放。片刻，这农夫便中毒死了。

——选译自《郁离子》

寓言启示

说明生活中有意外的福，也有意外的祸。告诫人们遇事不能见利不见害，不能把侥幸的收获当作经常可遇的事。

笼 猿 忘 习

有个吴国人，把一只猿关在笼子里喂养了十年。他觉得它虽然吃得好，也没有风雨日晒之苦，但没有自由，于是，他把这只猿放走了。

谁知过了两夜，这只猿又找回来了。主人想可能是因为送得不远，它才跑回家，便让两个人抬着猿，将它送到很远很远的大山林里。

猿在笼子里生活的时间太久了，已经改变了原先的生活习性，它没法靠自己获得食物，不几天就悲鸣着饿死了。

——选译自《郁离子》

寓言启示

长期依赖别人过活，就会丧失独立生存的能力。

鹰 化 为 鸠

居住在岷山的一只鹰，因触怒山神而被化为斑鸠。它的嘴、爪子及浑身的羽毛都与斑鸠一模一样，但它心里老是记着自己是鹰，不愿意与斑鸠及其他鸟儿为伍。

有一天，斑鸠看见一群鸟儿在它身旁吵吵闹闹，根本没把它放在眼里，气得它尖叫着向鸟儿扑去。它以为这些鸟儿会像往常见到它那样四下逃散，谁知它们若无其事地继续吵闹。斑鸠气坏了，便用嘴去啄那些鸟儿。一只鸟儿嘲笑着说："这只斑鸠太猖狂了，我们得教训它一下。"话音刚落，那群鸟儿便向它发起攻击。

它敌不过它们，便钻了个空子，狼狈地逃出重围，躲进了斑鸠栖息的灌木丛中。

——选译自《郁离子》

寓言启示

人贵有自知之明，大势已去，自己的生存条件已变，就不能固守老样子生活，否则就要自陷困境。

鲁人窃糟

  从前，鲁国人不会酿酒，而中山国的人不但会酿酒，还善酿醇美浓烈的好酒，他们酿的酒可让人饮后醉一千天。

  鲁国人去向中山国人求取酿酒方法，没有得到。一个鲁国人在中山国做官，他在一个酒家吃饭时，顺便拿了一些酒糟回国。他用鲁国的水将酒糟浸泡后，便对别人说："这是中山国酿的好酒。"鲁人喝了以后，都以为品到了中山国的酒味。

  一天，中山国那位酒家的主人来他家做客，他拿出酒来招待，说："这酒还是向你学酿的呢！"

  中山国人一喝那酒，立即吐了出来，笑着说："这算什么酒，是用我家酒糟泡出来的糟液吧！"

——选译自《郁离子》

寓言启示

  讽刺那些不懂装懂，把别人的糟粕当精华的蠢人。

矮榻缺足

主人家的矮榻缺了一条腿，派阿留去园里砍一根树杈回来当榻腿。

阿留拿着斧头和锯子，在园子里望着树杈找来找去。找了一整天，也没找到一根合适的树枝。

他回到家里，主人问他为什么空手回来，他伸出两个指头形容说："树杈都是朝上长的，没有朝下长的。"

——选译自《阿留传》

寓言启示

讽刺那些头脑僵化、办事拘泥于形式而不求实效的蠢人。

为 虎 作 伥

古时候，有个作恶多端的人被老虎吃掉后，鬼魂便跟随着老虎，它经常助虎伤人，老百姓很恨它，把它称作"虎伥"。

虎伥为了使老虎找到人吃，专门在前面带路。在虎伥的帮助下，老虎不知吃了多少人。老百姓一听到虎伥的名字，都会胆战心惊，他们想除掉它，但无奈它是个鬼魂。于是人们请来猎人，求他们帮助除害。

一天，他们设下陷阱，然后在陷阱前摆上酒菜和衣鞋。不一会儿，虎伥来了，人们让它先去享用那些东西，趁此机会按动机关，跟在它身后的老虎毫无防备，一下子落进陷阱。虎伥想救老虎已经晚了，便慌不择路地逃走了。

等老虎被猎人捕走以后，虎伥来到老虎被捉的地方悲哀地哭号，一直哭到又一只老虎到来，然后它又带着老虎专找人吃。

不久，老虎被猎人捕光杀尽，虎伥不能再助虎行凶了，哀号得更加厉害。阎王听到它的哀号问明了原因，便立即将它押回地府，扔进油锅里炸成渣，喂了小鬼。

——选译自《七修类稿·义理》

寓言启示

　　甘愿为邪恶势力充当帮凶而又至死不悟的奴才，必将受到最严厉的惩处。

三 人 行 商

有三个商人外出做生意，在渡江时不幸翻船，他们的货物和钱币全部被江水卷走。

他们三人游上岸后，都成了两手空空的穷光蛋。面对同样的灾难，有两个商人捶胸顿足地号啕大哭，大骂老天不保佑他们。由于极度悲伤，他们倒在岸边气绝而亡。而另一个商人咬咬牙，掉头就回家去了。

他回到家乡后，经过几年的奋斗和积累，又赚了一笔资金。他买上货物，四面八方去做生意，不到十年，便成了富甲一方的大商人。

——选译自《古今名喻》卷四引《存笥稿》

寓 言 启 示

遭到挫折就灰心丧气，自暴自弃，会断送自己的前程；不怕挫折，坚持奋斗，就一定会实现既定目标。

慕 道 学 者

从前，有一个人羡慕道学之名，并不时地学习。白天在路上走，他迈着道学先生缓慢的方步，半步也不敢违反规矩，一见人便拱手弯腰地行礼。时间一久，他便觉得很累，悄悄地问他的随从说："回头看一下有没有行人？"随从说："没有。"他才赶快改变谦恭的姿态，随意地大步走着。

另一个学习道学的人也和前面那个人一样，走路时踱着方步缓缓而行。一天，他走在路上，突然遇到一场暴雨，他本能地撒腿就跑。跑出一里多路，他猛然想起道学先生的风范，悔恨地说："我真不该乱了方步。不过，有错不怕，改了就好。"他立即冒着暴雨返回开始跑的地方，重新迈动方步，缓缓地往前走去。

——选译自《权子》

寓言启示

虚伪和迂腐是学习的两大障碍，有志于学习的人必须克服这两种障碍才能学有所成。

假人不假

一个养鱼人，见鸬鹚经常成群结队来啄他池里的鱼，便扎了一个草人，让它身披蓑衣，头戴斗笠，手拿长竿，插在鱼池里吓唬鸬鹚。

开始，成群的鸬鹚看见池中有执竿的人，只在空中回旋飞翔，不敢降下来。后来，渐渐地发现那是个不会动的假人，便毫无顾忌地冲下来啄鱼吃。吃饱后，还飞到草人的斗笠上，安然地梳理羽毛。

养鱼人看到这种情况，在夜晚偷偷地把草人拿走，自己披上蓑衣、戴上斗笠、拿着长竿站在池中。鸬鹚再来啄鱼时，还像往日那样飞到斗笠上。养鱼人稍一抬手，一把抓住了鸬鹚的脚爪。鸬鹚不能逃脱，拼命拍打着翅膀哀叫："假假！"

养鱼人嘲笑说："假假，原先是假人，难道现在还是假人吗？"

——选译自《权子》

寓言启示

不注意事物的发展变化，只凭老经验办事就会吃亏。

209

孔雀惜尾

孔雀的羽毛十分漂亮，尤其是五彩斑斓的尾羽是任何鸟儿也不能相比的。为此，它特别爱护自己的尾羽。平时栖息的时候，它总是先选地方把尾羽藏起来，然后才安置身体。

有一天，孔雀远远地发现猎人来了，它完全可以高飞逃走，可它首先想到的是保护尾羽。它慌忙地东寻西找，找到了一个很小的岩洞，将尾巴藏了进去，而身子还在外面。猎人一到，轻易地将它捕捉住了。

——选译自《权子》

寓言启示

　　遇事主次不分，只重视局部利益而忽视整体利益，必然会伤害整体。

预 哭 他 年

齐宣王问一位知天文地理的士人："天和地几万年翻覆一次？"

士人回答说："十二万年。"

在一旁听他们对话的艾子和大臣们，突然放声大哭起来。

齐宣王惊讶地问他们："众大臣哭什么呀？"

艾子流着眼泪回答："我们是为那些十一万九千九百九十九年上的老百姓哭啊！到了天地翻覆那一年，他们到哪里去躲灾呀？"

齐宣王赞赏地说："为民所忧，真是我的好大臣啊！"

——选译自《艾子后语》

寓 言 启 示

讽刺封建统治者们不问民众现实生活中的疾苦，却去忧虑遥远未来的虚伪态度。

自出机杼

一个人死后，他的朋友王丹和大侠陈遵都去他家中吊丧。

陈遵久闯江湖，多的是钱。他得意地拿出很多财物送给丧家主人，脸上情不自禁地流露出有恩于人的神色。

王丹从布包裹里轻轻取出一匹细绢，诚恳地对丧家主人说："这是我亲手织的。"

丧家主人接过王丹织的细绢，心里感到安慰和感激。

一位文人知道以上的情况后说："如今学者们的文章，有几个能像王丹的细绢那样，是自出机杼呢？"

——选译自《叔苴子·外篇》

寓言启示

> 　　用自己辛勤劳动创造的东西才是最有价值的，才能被人承认和珍惜。

兄 弟 争 雁

兄弟俩带着弓箭外出打猎，他们看见天上有一只大雁飞过。弟弟正准备拉弓把它射下来，哥哥说："要是把它射下来，就把它清炖了吃！"弟弟放下弓箭反对说："不行，鹅清炖好吃，大雁可不能清炖，待我射下它烤着吃才香！"

两人争吵不休，只好请当地的社伯断理。社伯听完他俩各自述说的理由，说："这好办，你们射下大雁后，一半清炖，一半烧烤，不就都满足了吗？"

兄弟俩齐声说这办法好，等他们再举起弓箭时，大雁已飞得无影无踪了。

——选译自《贤奕编》

寓言启示

抓住机遇就不能放过，不要在枝节上做无谓的纠缠而丧失解决问题的良机。

猱 吃 虎 脑

　　猱虽然个子不大，但善于爬树，它的爪子十分锋利，为了讨好老虎，它经常为老虎挠痒。

　　有一段时间，老虎的头不时发痒，猱为它抓挠不止，将头皮抓出了一个小洞，老虎不但没有感觉出来，反而感到很痛快。有一天，猱将虎的头皮骨都抓挠穿了，露出里面的脑花，它悄悄取一些出来吃。然后将剩下的一点儿给老虎，说："我偶然得到一块味道很鲜美的肉，不敢自己享用，特来献给大王。"老虎满意地说："猱对我多么忠诚和爱戴啊！"老虎并没有感觉它在吃着自己的脑子。

　　不久，老虎的脑子被猱吃空了，它才感到剧烈的疼痛。它愤怒地去找猱时，猱已逃到高高的树上去了。老虎痛得大声吼叫，蹦跳了几下便死了。它临死都没明白它的脑子为什么会被猱吃空。

——选译自《贤奕编》

寓言启示

　　要警惕当面阿谀奉承、讨好卖乖，背后捣鬼作乱的小人。一旦被这样的小人蒙蔽利用，就会深受其害。

尊 奉 三 教

一个名叫顺风的人，善于审时度势，从不盲目地做傻事。他同时信奉儒教、佛教、道教，在家里的神龛上并列排着孔子、释迦牟尼、太上老君的塑像。

这天，得知有道士要到他家来，他便赶快将太上老君的塑像移在了正中的位置。道士到了他家，一见太上老君居中，心里十分高兴，称顺风为道友。

过了几天，听说和尚要到他家来，他又赶忙把释迦牟尼的塑像搬回到中间的位置。和尚一到他家，很高兴地称他为佛友。

又过了几天，听说儒生要来他家，他又急忙把孔子的塑像移到了正中位置。儒生到了他家激动地称他为儒友。

三位圣人被顺风搬来移去，很不高兴地埋怨："我们自己本来好好的，被他不停地挪动，结果都快把我们弄垮了！"

——选译自《笑赞》

讽刺那些并没有真正的信仰，为了获利不断改变立场的势利小人。

和 尚 放 生

麻雀被鹞鹰追得无路可逃，一头钻进了和尚的袖子里。和尚赶忙伸手从袖子里捉住麻雀，高兴地说："阿弥陀佛，我今天可有一块肉吃了！"

麻雀一听，立即闭紧双目不动。和尚以为它死了，便松开手去看。不料，麻雀猛地一扑棱翅膀便飞走了。

和尚虽然懊恼，却慈祥地说："阿弥陀佛，你飞走了，正合我放生之意！"

——选译自《笑赞》

寓言启示

讽刺那些心狠手毒却伪装慈善的人。

不 能 动 土

有一个非常迷信风水的人，无论遇到什么事都要去问风水先生。

一天，他坐在年久失修的土墙上翻看卜卦的书。当他看得正高兴时，土墙突然倒下来压住了他。他急忙大喊"救命"。他的儿子跑来对他说："爸爸，别着急。你先忍着点儿，等我去问问风水先生，看今日可不可以动土。"

过了一会儿，他儿子回来告诉他说："今日不能动土。"

——选译自《破愁一夕话·笑林》

寓 言 启 示

讽刺那些迷信风水而受其害的愚人。告诫人们：把命运寄托在风水上而不相信自己、依靠自己，那就会一辈子难以"翻身"。

一 毛 不 拔

一只猴子死后去见阎王，它请求下一世转成人身。

阎王说："你既然想做人，必须把你身上的毛全部拔去。"说完，立即叫夜叉来为它拔毛。

夜叉在猴子身上揪着一根毛用劲一扯，还没将毛拔下来，猴子便做出不能忍受的样子大叫。

阎王一听，笑着说："看你一毛不拔，怎么去做人？"

——选译自《破愁一夕话·笑林》

寓 言 启 示

只想得到别人的好处，而自己丝毫不愿付出的人，是会受到人们鄙弃的。

猫 戴 佛 珠

一只猫的脖子上突然戴上了一串佛珠，老鼠见了后高兴地说："太好了，猫信佛就会吃素而不吃我们了。"

老鼠率领着一大群儿子孙子来拜谢猫，老鼠说："祝你早日成佛！"话音未落，猫大叫一声，猛地扑住几只老鼠，津津有味地把它们连皮带骨吃进了肚里。

逃走的老鼠惊魂未定地说："猫信佛后不但不吃素，吃肉反而更凶了！"

——选译自《破愁一夕话·笑林》

寓言启示

恶人伪装慈善，其目的是为了更方便行恶。

茶 官 扯 谈

明代会稽有个姓朱的人目不识丁，平常专事贩茶，赚了钱后买了一个官当，大家都称他"茶官"。

"茶官"在官场上混，没有一点风雅不行。一天，他邀请了几个文人到家里谈今论古。

一个文人谈到孔子的学问很大，他拍着桌子高声说："这人我知道，他是唐代的一个才子嘛！"

又一个人谈到古代善于搏虎的冯妇时，他又激动地拍着手说："这是个力气大又漂亮的妇人，我听说已久了。"

一个文人听出"茶官"在胡说八道，讥讽地对他说："听说齐宣王时的南郭先生很有本事，看起来你有点像他。"

"茶官"谦虚地说："哪里哪里，我比起他还差得远呢！"

众文人拍手大笑。

——选译自《破愁一夕话·雅谑》

讽刺封建社会因卖官鬻爵而产生的附庸风雅、不懂装懂的昏庸官僚。

方 相 侄 儿

唐朝有个姓方的人，喜欢夸耀自己的家族门第，特别好攀附高门，只要是姓方的达官显贵，他一定要认作自己的亲戚。

一个熟人很痛恨他的这个毛病，有一天故意问他："丰邑的方相大人是你的什么亲属？"他自豪地说："是我的叔伯大爷！"

那个熟人一听，嘲笑他说："如果你真是方相的侄儿，那你只能去吓鬼！"

他不明白熟人说的是什么意思，问："为什么只能吓鬼？"

熟人说："丰邑那地方是制造殡葬凶器的地方，方相是纸糊的驱鬼神像。"

——选译自《破愁一夕话·雅谑》

寓 言 启 示

讽刺那些地位卑微却喜欢追求虚荣、攀龙附凤的庸俗者。

病 脚 人 邻

有个人脚上生疮,痛不可忍,便对家里的人说:"你们赶快为我在墙壁上凿一个窟窿。"

窟窿凿好以后,他便把自己的脚伸进去,一直伸到邻居家中。家里人问他:"你这是什么意思?"

他回答说:"让它到邻居家去痛吧,不关我的事!"

突然,他惨叫着将脚收回,脚上全是水泡。原来邻居听到他不怀好意的话,往他脚上浇了开水。

——选译自《雪涛小说》

寓言启示

讽刺和警告那些嫁祸于人、推诿责任的自私卑劣者。

北 人 食 菱

北方有一个人在南方做官，有一次在席上吃菱角，他不知怎么吃，也不愿放下面子问问旁人，便拿起菱角连皮放进嘴里。

旁人告诉他："吃菱角必须剥去外壳。"

他脸有愠色地说："我不是不知道，连壳一起吃，是想清火解热。"

旁人问他："北方也产菱角吗？"

他得意地说："当然产，前山后山，什么地方都产这东西！"

——选译自《雪涛小说》

寓 言 启 示

讽刺了那些不懂装懂、虚伪无知而又自护其短的人。

225

虎 畏 化 缘 僧

一天，强盗与化缘的和尚在路上遇见了一只老虎。强盗立即张弓搭箭准备射杀老虎，而老虎仍然向前逼近，不肯退却。

站在强盗身旁的和尚见老虎已快接近跟前，便翻开化缘簿递到老虎面前，老虎一见吓得掉头走了。

老虎的儿子问老虎："为什么你不害怕强盗，反倒害怕和尚呢？"老虎回答说："强盗来了，我可以与他搏斗；和尚向我化缘，我拿什么东西打发他呢？现在走到哪里都能碰上化缘的人，谁能施舍得起？"

——选译自《雪涛谐史》

寓 言 启 示

讽刺那些以佛教徒身份到处招摇撞骗、诈取民财的卑劣行为。

太太属牛

有一位长官过生日，他的下属们听说他属鼠，大家就凑钱为他铸了一只黄金老鼠祝寿。

下属们将金老鼠送到长官手里，长官非常高兴地说："你们知道吗？我太太的生日也在眼下，她可是属牛的啊！"

下属们离开官府后，愁眉苦脸地说："看来我们只有两条出路：要么去盗官库送金牛，要么去搜刮民财送金牛，不然就只有等着革职了。"

——选译自《笑府·刺俗》

寓言启示

讽刺那些廉耻丧尽、贪得无厌的封建官僚，暗示了腐败带来的严重后果。

不 禽 不 兽

一天，凤凰召集百鸟商议如何对付猎人的事，百鸟都到了，唯有蝙蝠不来。凤凰找到它责备说："你是我的下属，为什么这么高傲无理？"蝙蝠爱搭不理地说："我有四脚，属于兽，鸟类对付猎人与我没有关系，你凭什么召我？"

过了不久，麒麟召集百兽商议如何对付猎人，百兽都来了，只有蝙蝠不来。麒麟找到它责备说："你是我的下属，为什么召你不来？"蝙蝠振振有词地说："我有翅膀，属于禽，兽类的事与我无关，我凭什么听你使唤？"

后来，麒麟见到凤凰，双方谈到蝙蝠的事，凤凰气愤地说："如今社会道德败坏，偏偏生出这种不禽不兽的东西，真叫人对它无可奈何！"麒麟说："谁说无可奈何，禽类、兽类都不理睬它，看它有什么好日子过！"

——选译自《笑府·杂语》

寓言启示

鞭挞那些善于投机取巧、见风使舵和躲避责任的自私小人。

罗 汉 被 敲

有一个人常到庙里烧香，求神让他发财，去庙里的次数多了，他不仅记住了佛有多少位，还记住了罗汉是十八个。

有一天，他在一块荒地上挖土，突然挖出一个金子塑的罗汉，他扔下锄头，高兴地抱着金罗汉在地上打滚。但高兴之余，他又感到很遗憾，板着面孔，恶狠狠地用手敲着金罗汉的脑袋问："那十七个躲在哪里？"

金罗汉沉默着不理睬他，他气急败坏地说："你不说出来，我就不停地敲你！"

——选译自《笑府·刺俗》

寓言启示

讽刺那些欲壑难填、无比贪婪的狠心小人。

好 讨 便 宜

有一个小城，住着一个特别爱占别人便宜的人，名叫冯人沾。全城的人都知道他的德行，都不敢从他的门口经过。

一天，有个人拿着一块砂石，心里想着这东西是没有什么便宜可让人讨的。他大着胆子从冯人沾的门前走过。谁知，冯人沾一见他手上拿着砂石，立即招呼："请慢！"急转身到厨房取出菜刀，在那人的砂石上磨来磨去，刀磨快了，才挥着手说，"不好意思，去吧！"

——选译自《笑府·刺俗》

寓言启示

讽刺那些恬不知耻、好讨便宜到无以复加程度的卑庸之人。

父子性刚

有一个人和他的儿子性格都十分刚强，遇事从不肯让着别人。

一天，这人留下一位客人饮酒，派儿子到城里去买肉。儿子买到肉往回走，快到城门时遇到一个人迎面走来，二人各不相让，于是便直挺挺地僵持站立。

过了很久，这人进城找来，见儿子正与人对峙，说："你先把肉拿回家，陪着客人吃饭，让我与他在这里对立，客人走了你再来换我！"

——选译自《广笑府·尚气》

寓言启示

讽刺那些任性使气，与人进行无谓之争而始终不肯让步的蠢人。

死 后 不 赊

有一个乡下人，因为善于钻营加上非常吝啬，很快就发家致富了。不幸的是，由于他拼命赚钱累垮了身体。临终前，他哀告妻子说："我一生贪财吝啬，六亲不认，才有了今天的富贵。我死了以后，你一定要剥了我的皮卖给皮匠，割下肉卖给屠户，刮下骨头卖给漆店。"直到妻子点头答应，他才断了气。

谁知，他死了半天以后又苏醒过来，嘱咐妻子说："如今人情淡薄，千万不能将我的皮、骨、肉赊给他们！"

——选译自《广笑府·贪吞》

寓言启示

讽刺那些无情无义，贪吝无度到了丧失人性之地步的人。

聋哑自讳

有一个聋子，一个哑巴，他俩非常忌讳人们说他们聋、哑。

一天，聋子看见哑巴，为了显示自己不聋，便请他唱一支歌听一听。哑巴为了显示自己不哑，便把嘴唇一张一合，不断地动着，还装模作样地用手打节拍。

聋子侧着耳朵，做出全神贯注的样子听，还不时地点点头表示赞赏，见哑巴的嘴唇不动了，他显得很激动地说："真不错！好长时间没有听到你优美的歌声了，这次又有长进了！"

——选译自《广笑府·尚气》

寓言启示

讽刺那些自护其短、装腔作势、互相欺瞒的人。

半 日 之 闲

有一位当官的人带着随从四处游山玩水，当他们来到一座庙宇时，和尚早就接到通知并做好了迎接的准备。

和尚待客，本应安排素宴，但因接待的是管辖当地的官员，不得不违反清规而安排酒肉之宴。酒足饭饱，那位官员突发雅兴，醉眼惺忪地吟诵起了诗句："因逢竹院逢僧话，又得浮生半日闲。"

和尚一听只有苦笑。官员问他说："你为什么笑，而且是苦笑？"

和尚回答说："尊敬的长官得了'半日闲'，老僧和众弟子却忙了三日！"

——选译自《古今谭概》

寓 言 启 示

　　讽刺那些封建官僚为了四处游乐、附庸风雅，而不顾民众辛劳。

绳 头 小 牛

有一个人被捆在树上，他的熟人路过时问："你为什么被捆在这里呀？"

他说："晦气得很，刚才在街上闲走，见地上有一条草绳，我想它还可以使用，便拾起来准备带回家，不料被人捆了起来。"

熟人惊讶地问："捡一条草绳，不至于遭受你这样的罪吧？"

他说："不过，那草绳头还牵着一头小小牛儿。"

——选译自《精选雅笑》

寓 言 启 示

讽刺以小遮大、避重就轻地掩盖自己罪过的人。

升 巢 之 鸠

鹘鹰与斑鸠为争夺一个鸟巢，互相搏击，斑鸠受了轻伤，躲在路旁哀叫。楚公子路过时，斑鸠投入了他的怀抱。

鹘鹰对楚公子说："斑鸠外形是普通的鸟，实际上它是一种心狠的鹰，你护它无益，到头来它会背叛你的！"

楚公子说："你是强者，斑鸠是弱者，大丈夫怎么能不保护弱者！"说着撵走鹘鹰，抱着斑鸠回家了。

到了家中，楚公子命令门客搭梯上树筑巢。巢建好后，斑鸠被安放在巢里休养。

不几天，斑鸠显现出鹰的原形，它不但辱骂楚公子的门客，还不把楚公子放在眼里。它抓吃完了邻巢的幼鸟，就去捕捉邻居的小鸡。邻居十分恨它，责怪楚公子不该将斑鸠带回来。

楚公子后悔地说："我有愧于那只忠告我的鹘鹰啊！"

——选译自《田间文集》卷二十六

　　讽刺那些穷途末路时卑躬屈膝、摇尾乞怜，一旦得志便忘恩负义、横行霸道的小人。

麻 雀 请 宴

一天，麻雀请翠鸟和老鹰赴宴。

麻雀对翠鸟说："你穿这样鲜艳漂亮的衣服，自然要请你坐上席。"

老鹰问："我该坐哪里呢？"

麻雀说："你个子虽然大些，但你穿的衣服太陈旧难看，只好让你委屈坐在下席了。"

老鹰听了愤怒地说："你这小人，为什么这么势利？"

麻雀大言不惭地说："世上哪一个不知道我是心肠小、眼眶浅的呢？"

老鹰气得立即飞走了。过了一会儿它带来了凤凰，麻雀一见，急忙叫翠鸟到下席坐，让凤凰坐上席。凤凰问麻雀为什么把翠鸟从上席赶到下席，麻雀说："翠鸟那一身衣服比得上你的一片羽毛美吗？"

凤凰一听，酒宴看都不愿看一眼就飞走了。翠鸟和老鹰对麻雀说："酒宴留着你自己吃吧！"说完，也一起飞走了。

——选译自《笑得好》

寓言启示

善于阿谀逢迎和以貌取人的势利小人是不得人心的。

愿换手指

有个会点石成金的神仙来到人间，他想寻找一个不贪财的人，度其成仙。可他寻找了许多人，他们都很贪财，他将大石头点成金赠送，那些人还嫌小呢！

后来，神仙终于寻到一个与前面那些人不一样的年轻人。神仙先指着一块小石头说："我将它点成金子送你，要不要？"年轻人说不要。他又指着一块大石头说："那我将这块大石头点成金子送你，要不要？"年轻人还是说不要。

神仙想这个年轻人全无贪财之心，实在难得，准备度他成仙。神仙问他："你小金大金都不要，那想要什么呢？"

年轻人说："我只想要你那个点石成金的指头！"

——选译自《笑得好》

寓言启示

讽刺那些贪得无厌的人，同时也反映了社会拜金贪财的普遍现象。

蜀鄙二僧

四川的偏远地区有两个和尚，一个很清贫，一个很富有。有一天，他俩走到了一起，贫和尚说："我想到南海去一趟，你觉得行吗？"

富和尚惊讶地说："我几年来一直想买船去南海，到现在都没能实现，你打算靠什么去南海？"

贫和尚说："靠我的一个水壶和一个饭钵。"说完就头也不回地出发了。

过了一年，贫和尚从南海归来，他将往返的经历告诉了富和尚。富和尚惭愧地感叹道："四川离南海有好几千里，我富有而不能到达，你清贫却到达了，真值得我深省啊！"

——选译自《白鹤堂诗文集》

寓言启示

人不仅要立志，更要付诸行动并通过艰苦努力，才能成功；如果只立志而不付诸行动，再好的条件也会一事无成。

杨氏卖烟

　　某州有许多卖烟草的，但数杨氏最有名。他的烟草价格虽然比别的烟店贵得多，买主却常常挤满店铺内外。

　　有一天，店里的烟草供不应求了，杨氏急得手足无措。一个伙计对他说："你何不悄悄从别的店买来烟草，加印上杨氏字号再转卖给他们呢？"杨氏立即采纳了这个意见。结果，转卖的烟草也大受顾客欢迎。从这一天起，杨氏一遇缺货，便如法炮制。那些买到冒牌烟草的人还扬扬得意，逢人便说："我抽的是杨氏烟草呢！"

——选译自《崔东壁遗书》

寓 言 启 示

　　讽刺那些只重名牌而不管是否货真价实，上当受骗还自鸣得意的人。

朝 廷 缺 要 官

朝廷缺重要的官员，皇帝问大臣说："你看谁可以担任？"

大臣回答说："公论这个人可以担任。"

皇帝说："公论如今没什么用处，还是推荐另外的人吧。"

大臣说："古道这个人行吗？"

皇帝说："古道如今也难行啊！"

大臣又建议说："皇上，胡涂这个人不错。"

皇帝说："胡涂勉强可以，但还有更好的人选吗？"

大臣绞尽脑汁，最后想出一个人来，他说："智巧这个人是难得的人才，选他最合适！"

皇帝一听，喜上眉梢地说："你举荐的这个人最好，我经常听到有人议论这个人，他对上司低头哈腰、逆来顺受，甚至为上司舐净痔疮；对下级盛气凌人、横行霸道，没有谁敢反对他。"

说完，皇帝当即下旨，召智巧进宫担任专门选拔官员的吏部尚书。

——选译自《广谈助》

讽刺了封建官僚机构中正直秉公的人被排斥，投机钻营、阿谀奉承、横行霸道的人得势的腐败现实。

世 无 良 猫

有个人为了灭掉家里众多的老鼠，托人为他挑一只好猫，受委托的人四处寻访，终于为他送去了一只受许多人称赞的好猫。

猫一到家，他便用鲜美的鱼、肉喂它，并让它睡在华丽舒适的毛毯上。以后天天如此。猫很快长得肥胖笨拙，变得很懒，它不仅不去捕鼠，还与老鼠一起游戏耍闹，老鼠比以前更猖狂了。

他为此非常生气，发誓不再养猫，他说："现在我才知道，天下没有一只好猫！"

——选译自《耳食录》

寓 言 启 示

能否办好事情，这要看办事的方法是否正确，方法不正确，结果也不会好。同时也告诫人们：不要因为一件事办错了，就认为所有的事都会办错，要力戒以偏概全的认识和做法。

恶 蝇 槌 父

从前，有一个人十分厌恶苍蝇，他常在白天拿着一根捣衣用的棒槌击打苍蝇。

有一天，他见几只苍蝇一齐飞到他父亲的头顶上，顿时大怒，挥着棒槌就向父亲头上的苍蝇打去。苍蝇飞走了，父亲的脑袋却被打开了花。

官府立即派人来把他抓走了，并以杀父罪砍了他的头。

——选译自《耳食录》

寓言启示

遇事不能采取顾此失彼、因小失大的鲁莽方式去解决，否则就会事与愿违，遭受严重的损失和危害。

群 神 朝 拜

五湖四海的众多神仙都到天庭去朝拜天帝。天帝很高兴，命令天庭总管安排酒宴招待他们。总管不知道究竟要来多少神仙，该摆多少桌宴席。他拿出登记册去登记神仙们的名字，以便统计准确的人数。

神仙们争先恐后地登记，总管登了三千年还没有登记完。天帝问是怎么回事，总管回答说："神仙已难以计数，可他们还有抬轿子的。"

天帝慷慨地说："抬轿子的也登记。"

总管只好照办，可登了七千年还没有登记完。天帝又问是怎么回事。总管愁眉苦脸，汗如雨下，有气无力地说："神仙的轿夫也都有给他们抬轿子的，另外还有……"

天帝没有听完，生气地挥挥手说："算了，不赐酒宴！"

——选译自《龚定盦全集》

寓 言 启 示

讽刺封建官僚机构臃肿庞大、人浮于事的严重腐败现象。

蚓食蜈蚣

一天，蜈蚣在蚯蚓洞口环绕着爬行。蚯蚓躲在洞里，突然探出头拔去蜈蚣的一只脚，又急忙缩回洞里。蜈蚣十分愤怒，想钻入洞里，但洞口太小进不去。正当它爬来爬去不知怎么进洞的时候，蚯蚓乘机又拔去它的另一只脚。它越来越愤怒，气得不知如何是好，只好守在洞口不肯离去。蚯蚓不停地寻找机会拔去它的脚，不到一个时辰，蜈蚣的脚就被蚯蚓全拔光了。

没有脚的蜈蚣像一条僵蚕躺在地上不能动弹，蚯蚓便爬出洞来，咬住蜈蚣的肚子吮吸，美滋滋地饱餐了一顿。

——选译自《庸盦笔记》

寓言启示

审时度势，伺机分化瓦解敌人的力量，就可转弱为强，最终克敌制胜。

瞎子吃鱼

一群瞎子碰在一起，他们商量凑钱买鱼吃。大家凑的钱太少，只买到一条小鱼。鱼少人多，只好用大锅熬汤，每人都能尝到一点儿鲜味。瞎子们没吃过鱼，把活鱼往锅里扔。谁知锅里的水刚发热，小鱼蹦出了锅外，众瞎子谁也不知道。

大家围在锅的四周，不时地用鼻子嗅着，齐声赞叹着："汤好鲜！汤好鲜！"

从锅里蹦出来的那条小鱼在地上活蹦乱跳，一下蹦到了一个瞎子的脚背上，他惊呼："鱼没在锅里，蹦到我脚背上了！"

那群瞎子叹息着说："阿弥陀佛，幸亏鱼蹦出了锅外，如果还在锅里，大家都要鲜死了。"

——选译自《笑林广记》

寓言启示

不知为不知，不懂装懂甚至于做出很内行的样子，只能让人感到可怜和可笑。

蚊虫结拜

两只蚊子结为把兄弟，城里的那只为把兄，乡下的那只为把弟。

把弟对把兄说："城里的大人，吃的是珍馐美味，每人的肌肤都又肥又嫩，你为何有这样好的口福？"

把兄回答说："城里这个地方官多、富家多。天天赴宴、顿顿膏血是寻常事，我早已吃腻了！"

把弟羡慕地说："那你先带我到城里去尝点大人们身上多余的膏血，然后我再领你到乡下去遍尝农家风味，怎么样？"

把兄欣然答应，带着把弟来到城里的一座大佛寺门前，指着把门的哼哈二将说："这就是城里的大人，请把弟去分享他们的膏血吧。"

把弟轮流飞到哼哈二将身上，又咬又钻，很长时间也没吃到膏血。它抱怨说："你们城里的大人倒真大，却舍不得让人吃一丁点儿东西。我使劲钻了半天，不但毫无滋味，而且连一点血也没有。"

——选译自《嘻谈续录》

寓言启示

> 讽刺城市中封建官僚和富豪的自私、吝啬。

骑 马 顶 包

有一个人头顶着包袱，骑在马上赶路。包袱压得他满头大汗，脖子疼痛，身子也摇摇晃晃，难以骑稳，过路的旁人见他这模样，好奇地问他："你为什么要头顶包袱，而不把它搭在马的背后呢？"

他回答说："我担心马的负担太重，顶在我的头上，可以省些马的力气。"

旁人说："你和包袱同时压在马上，马能省力气吗？"

他执迷不悟地说："当然能省，你瞧我被包袱压成这样，不就是替马省力气吗？"说着，依然顶着包袱往前赶路。

——选译自《嘻谈续录》

寓 言 启 示

　　不懂事物的依从关系而孤立处理有关联的事物，则会费力不讨好，做出愚蠢的事。

复 制 古 砖

有一位巡抚过六十岁生日之际，朝廷下旨严禁贪污受贿。巡抚的同僚和下属官员纷纷送来寿礼，他都一一谢绝。

一位县令派人送来二十块古砖，每块砖上都刻着年号和题字。巡抚一看，那些砖都属秦、汉时代的古物，他高兴地把送砖的仆人叫到跟前说："别人的寿礼我一概不收，你家主人送的东西不是金银财宝，也不是绫罗绸缎，这些古人扔下的砖我就收下了，这该不是受贿吧？"

县令的仆人跪下说："送点古砖做寿礼不算什么，哪里谈得上行贿受贿？况且，这些古砖还是我家老爷赶在你的生日前复制的。"

巡抚一听，惊讶地问："什么，复制的？！"

仆人磕头说："小的不敢隐瞒，我家老爷需要上寿的地方太多，专门在官府里设了一个作坊加工各式各样的寿礼。"

巡抚听后大笑，说："你家老爷比我聪明呀！"

——选译自《笑笑录》

讽刺了封建官场上为了行贿受贿，不择手段，投其所好的严重腐败的现实。

丧师辱国

夜叉突然造反,龙王知道后又惊又吓。他急命虾大将召集水族兵士出师讨伐夜叉。虾大将集合了乌龟、王八、癞头鼋、猪婆龙等部兵马整装待发,龙王亲临阵前鼓动说:"你们都是精兵强将,是可以歼灭小丑夜叉的!我等着你们凯旋,为你们庆功!"将士们高呼着"龙王万岁"列队出发了。

虾大将的部队与夜叉一交锋,乌龟虚晃两枪,首先缩着头拖着尾巴悄悄地逃出了战场,王八、癞头鼋、猪婆龙一见也且战且退,各自夺路而逃。虾大将见大势已去,拖着两把锋利的大钳刀没命地逃回了龙宫。

龙王见讨伐夜叉的军队大败,指着狼狈不堪的虾大将怒骂:"我以为你们身披重甲、手执精锐武器就可以御敌,不料你们却是一帮外强中干、丧师辱国的懦弱之辈!"

——选译自《俏皮话》

讽刺清王朝军队中那些貌似威武雄壮，实则腐败无能，一遇强敌就四下逃窜的可耻将领。

猫 不 受 封

皇帝认为猫捕鼠有功，想给它封一个官职，猫坚决不同意。皇帝感到意外，问猫为什么不肯就职。

猫说："我现在不做官，还能做猫，要是一旦做官，我连猫都做不成了。"

皇帝听后说："这算什么理由，你一定要接受封官。"

猫用坚定的语气说："我发誓不改气节，如果到任当了官，非改气节不可。皇上知道，老鼠从来都是怕猫的，而如今天下做官的，都是一帮鼠辈，倘若我到官场做官，那些同僚怎么能够安身？所以，我不敢接受你的赏封。"

皇帝听猫说完这些理由，便不再勉强它去当官了。

——选译自《俏皮话》

寓言启示

揭露封建官场容不下有真本领而又正直清廉者的腐败现实。